東坡書傳

〔宋〕蘇軾 撰　明 吴興淩濛初刻本

图书在版编目（C I P）数据

东坡书传 / (北宋) 苏轼撰. -- 北京 : 海豚出版社,
2018.1
ISBN 978-7-5110-2385-8

Ⅰ. ①东… Ⅱ. ①苏… Ⅲ. ①中国文学－古典文学－
作品综合集－北宋 Ⅳ. ①I214.412

中国版本图书馆 CIP 数据核字(2017)第 319721 号

书名：东坡书传
作者：(北宋) 苏轼撰
责任编辑：李俊
责任印制：蔡丽
出　　版：海豚出版社
网　　址：http://www.dolphin-books.com.cn
地　　址：北京市百万庄大街 24 号
邮　　编：100037
电　　话：010-68325006（销售）　　010-68998879（总编室）
印　　刷：虎彩印艺股份有限公司
经　　销：新华书店及网络书店
开　　本：16 开（210 毫米×285 毫米）
印　　张：206.875
字　　数：366（千）
版　　次：2018 年 1 月第 1 版　　2018 年 1 月第 1 次印刷
标准书号：ISBN 978-7-5110-2385-8
定　　价：880.00

出版説明

現代漢語用『圖書』表示文獻的總稱，這一稱謂可以追溯到古史傳説時代的河圖、洛書。在從古到今的文化史中，圖像始終承擔着重要的文化功能。傳説時代的大禹『鑄鼎象物』，將物怪的形象鑄到鼎上，使『民知神奸』。在《周易》中也有『制器尚象』之説。一般而論，文化生活皆有其對應的物质層面的表现。在中國古代文獻研究活動中，學者也多注意器物、圖像的研究，如《詩》中的草木、鳥獸、《山海經》中的神靈物怪，禮儀中的禮器、行禮方位等，學者多畫爲圖像，與文字互相發明，成爲經學研究中的『圖説』類著述。又宋元以後，庶民文化興起，出版業高度發達，版刻印刷益發普及，在普通文獻中也逐漸出現了圖像資料，其中廣泛地涉及植物、動物、日常的物質生産程序與工具、平民教化等多個方面，其中流傳至今者，是我們瞭解古代文化的重要憑藉，通過這些圖文並茂的文本，讀者可以獲得對古代文化生動而直觀的感知。爲了方便讀者利用，我們將古代文獻中有關圖像、版畫、彩色套印本等文獻輯爲叢刊正式出版。

本編選目兼顧文獻學、古代美術、考古、社會史等多種興趣，範圍廣泛，版本選擇也兼顧古代東亞地區漢文化圈的範圍。圖像在古代社會生活中的一大作用涉及平民教化，即古人所謂的『圖像古昔，以當箴規』，（語出何宴《景福殿賦》）明清以來，民間勸善之書，如《陰騭文》、《閨范》等，皆有圖解，其中所宣揚的古代道德意識中的部份條目固然爲我們所不取，甚至是應該批判的對象，但其中多有精美的版畫，除了作爲古代美術史文獻以外，由此也可考見古代一般平民的倫理意識，實爲社會史研究的重要材料。

本編擬目涉及多種類型的文獻，茲輯爲叢刊，然亦以單種別行為主，只有部份社會史性質的文本，因爲篇卷無多，若獨立成册則面臨裝幀等方面的困難，則取同類文本合爲一册。文獻卷首都新編了目錄以便檢索，但爲了避免與書中內容大量重複，無謂地增加篇幅，有部份新編目錄視原書目錄爲簡略，也有部份文本性質特殊，原書中本無卷次目錄之類，則約舉其要，新擬條目，其擬議未必全然恰當。所有文獻皆影印，版式色澤，一存古韻。

目録（二十卷）

書傳

蘇長公書傳序

傳注之家有二派焉一曰博洽旁蒐廣列引客證主裴松之之注三國志劉孝標之注世說酈道元之注水經也一曰聰明發揮已見以意

逆志韓非之解老喻老向
秀之注莊王冰之解素問
張商英之注素書也訓詁
而經飣之亡矣釋義而經
生之亡之下矣　國朝以
宋儒蔡沉尚書傳頒之學

審而亡改左旋之說蔡之
不悟　高皇帝袁楊
用脩氏之說經多取漢儒
其言曰漢世去孔子未遠
傳之人雖劣其說宜得其
真宋儒去孔子千五百年

雖其聰穎過人安能一旦盡
棄舊而釋懷於心耶故
自謂觀書而可廢古注
以孔安國為漢人又孔子後
也見固卑陋矣蘇氏雖亦
宋人乎然其博洽異常可

於其詩知之其聰明蓋世而於其文知之固非一時諸儒所可望項背若此其於餖飣經生之二豎未入膏肓也與其祧漢而宗乎則毋乃厭歷漢儒而西檃蘇

至

吴興淩濛初撰并書

袁了凡曰此篇文字極雅馴古來第一史筆

東坡書傳卷一

虞書

堯典第一

昔在帝堯聰明文思

聽者無所不聞明者無所不見文者其法度也

思者其智慮也

光宅天下

聖人之德如日月之光貞一而無所不及也

將遜于位

又曰註以曰若爲發語詞又引周楚越若來三月爲例及解召誥則曰越若來迤運而來也分明自悖其例矣踈謬之極

遜遁也

讓于虞舜作堯典

言常道也

曰若稽古帝堯曰放勳欽明文思安安

若順也稽考也放法也有功而可法曰放勳猶孔子曰巍巍乎其有成功此論其德之辭也自孟子太史公咸以放勳重華文命爲堯舜禹之名然有不可者以類求之則皋陶爲名允迪乎欽敬也或言其聽或言其敬初無異義而學者

姚象菴曰篤恭而天下平一恭爲足矣揖讓而天下治一讓爲足矣況兼言之又於恭上着一允字讓上着一克字蓋總之極贊其德之盛而

因是以爲說則不勝異說矣凡若此者皆不取

欽明文思才之絕人者也以絕人之才而安於無事此德之盛也夫惟天下之至仁爲能安其安

允恭克讓光被四表格于上下

允信也克能也表外也格至也上下天地也恭有僞讓有不克故以允克爲賢

克明俊德以親九族

明揚也俊傑也堯之政以舉賢爲首親親爲次

形容之耳
楊用脩曰蔡氏注云百姓者畿内之民黎民者四方之民此不通古今之説也聖人之視民遠近一也豈分畿内與四方哉百姓蓋禄而有土仕而有爵者能自明其德而後協同萬國萬國諸侯協和而後黎民於變時雍

九族高祖玄孫之族也
九族既睦平章百姓
平和也章顯用其賢者也百姓凡國之大族民之望也大族亍之民莫不亍也方是時上世帝皇之子孫其得姓者蓋百餘族而已故曰百姓
百姓昭明協和萬邦黎民於變時雍
協合也黎衆也變化也雍和也
乃命羲和欽若昊天曆象日月星辰敬授人時
昊廣大也曆者其書也象者其器也璿璣玉衡

此其序也若以有姓為民廢則黎民又是何物亦豈有民廢先於諸侯者哉
況則新曰當日若無堯懿頃一當今日雖在日月星辰之下四時之中亦長夜耳此堯之所以為放勳為則天也

之類是也星四方中星也辰日月所會也或曰星五星辰三辰心伐北辰也重黎之後羲氏和氏世掌天地四時之官故堯以是命之

分命羲仲宅嵎夷曰暘谷

禹貢嵎夷在青州又曰暘谷則其地近日而先明當在東方海上以此推之則昧谷當在西極朔方幽都當在幽州而南交爲交趾明矣春曰宅嵎夷夏曰宅南交冬曰宅朔方而秋獨曰宅西徐廣曰西今天水之西縣也羲和之任亦重

矣堯都於冀州而其所重任之臣乃在四極萬里之外理或不然當是致日景以定分至然後曆可起也故使往驗於四極非常宅也

寅賓出日平秩東作

寅敬也賓導也秩次序也東作春作也西成秋成也春夏欲民早起故先日出而作是謂寅賓出日秋冬寒不能早起故令民候日入而息是謂寅餞納日二叔不言餞者因仲之辭

日中星鳥以殷仲春

用修曰按柳仲塗云朱鳥者南

方之宿以主於
夏龍星乃春之
星会不曰日中
星龍者盖歲周
其序春居其始
四星各復其方
聖人南面而坐
以觀天下故春
之時朱鳥之星
當其前故云觀
之以正仲春邪
氏之說超古注
既矣然猶未盡
也殷之為言正
也正即正朔也
故春頒春朔而

日中者晝夜平也二分皆晝夜平而春言日中秋言宵中者互相備也春分朱鳥七宿昏見於南方夏至則青龍秋分則玄武冬至則白虎而夏秋冬獨舉一宿者舉其中也殷當也書曰九江孔殷

厥民析

冬寒無事民入室處春事既起丁壯就田其民老壯分析見漢志

鳥獸孳尾

夏須夏朔秋須
秋朔冬須冬朔
所謂四般者即
四朔也皆敬天
時而動民也故
下文遂言民事

乳化曰孳交接曰尾

申命羲叔

申重也

宅南交平秩南訛敬致

訛化也敘南方化育之事以敬致其功

日永星火以正仲夏

永長也火心也

厥民因

老弱畢作因就在田之丁壯也

鳥獸希革

其羽毛希少而革易也

分命和仲宅西曰昧谷寅餞納日

餞送也

平秩西成宵中星虛以殷仲秋厥民夷

夷平也農事至秋稍緩可以漸休故曰夷

鳥獸毛毨

毨理也毛更生整理

申命和叔宅朔方曰幽都平在朔易

又曰析因夷隩一重春耕一急夏苦一急秋收一謹冬藏皆勤民事也今蔡傳但云驗氣之和氣之平是平居無事觀物隱居者之養生月覽耳不待帝堯欽若曆象不待羲和寅賓敬致也觀尚書所以不

在察也朔易歲于此改易也禮十二月天子與公卿大夫共飭國典論時令以待來歲之宜

日短星昴以正仲冬厥民隩

隩室也民老幼皆入室

鳥獸氄毛

氄軟厚也

帝曰咨汝羲暨和朞三百有六旬有六日以閏月定四時成歲

暨與也周四時曰朞朞當三百六十五日四分

可廢古注歟

則新曰即一登字便有無限妙理在內委是言簡蒙豐恨經注無眼不能推盡底裡耳 一

日之一而云六日舉其全也歲止得三百五十四日故以閏月定而正之有讀爲又古有又通

允釐百工庶績咸熙

釐理工官也績功也熙光明也

帝曰疇咨若時登庸

疇誰也咨嗟也時是也猶曰時乎嗟哉能順是者我登進而用之

放齊曰胤子朱啓明帝曰吁嚚訟可乎

放齊臣名胤國子爵朱名書有胤侯吁疑怪之

ㄗ九曰滔天
字只作闕文

辭也口不道忠信之言爲嚚或曰太史公曰嗣
子丹朱開明
帝曰疇咨若予采
采事也
驩兜曰都共工方鳩僝功
驩兜臣名都于嘆美之辭也共工其先爲是官
者因以氏也方類也鳩聚也僝布也言共工能
類聚而布其功也
帝曰吁靜言庸違象恭滔天

則新曰靜言庸違說盡千古生人病痛

靜則能言用則違之貌象恭敬而實滅其天理滔滅也

帝曰咨四岳

孔安國以四岳爲羲和四子而太史公以羲和爲司馬之先以四岳爲齊太公之祖則四岳非羲和也當以史爲正

湯湯洪水方割蕩蕩懷山襄陵浩浩滔天

湯湯蕩蕩浩浩皆水之狀也割害也懷包也襄上也水逆流曰襄

又曰异漢詁以為已也退也蔡以其義不協遂委為未詳按說文异舉也列子因綮桔可以异

下民其咨有能俾乂

俾使也乂治也

僉曰於鯀哉

僉皆也鯀崇伯之名

帝曰吁咈哉方命圮族

咈戾也方命負命也族類也圮族敗類也

岳曰异哉試可乃已

异舉也時未有賢于鯀者故岳曰舉而試之可以治水則已無求其他

亂郎以舉什之甚通
子淵曰堯在位七十載所紀乃只此二三事蓋卿曰五帝無傳政遠故也

帝曰往欽哉九載績用弗成

載年也九年三考而功不成

帝曰咨四岳朕在位七十載

堯年十六以唐侯爲天子在位七十年時年八十六

汝能庸命巽朕位岳曰否德忝帝位

巽受也否不也忝辱也

曰明明揚側陋

明其高明者揚其側陋者言不擇貴賤也

師錫帝曰有鰥在下曰虞舜

師衆也錫予也無妻曰鰥舉舜而言其鰥者欲帝妻之也帝知岳不足禪而禪之岳知舜可禪而不舉何也以天下予庶人古無是道也故必先自岳始岳必不敢當也岳不敢當而後及其餘曰吾不擇貴賤也而衆乃敢舉舜理勢然也堯之知舜至矣而天下不足以盡知之故將授之天下使其事發於衆不發於堯故舜受之也安

帝曰俞予聞如何

俞然也曰然予亦聞之其德果何如哉

岳曰瞽子父頑母嚚象傲克諧以孝烝烝乂不格姦

瞽舜父名也其字瞍心不則德義之經爲頑象舜弟也諧和也烝進也姦亂也舜能以孝和諧父母昆弟使進於德不及於亂而孟子太史公皆言象日以殺舜爲事塗廩浚井僅脫于死至欲室其二嫂其爲格姦也甚矣故凡言舜之事

不告而娶避堯之子于南河之南舉皆齊東野
人之語而二子不察也
帝曰我其試哉女于時觀厥刑于二女釐降二女
于媯汭嬪于虞帝曰欽哉
刑法也釐理也媯水名也婦敬曰嬪虞其族也
舜能以理下二女於媯水之陽耕稼陶漁之地
使二女不獨敬其親而通敬其族舜之所謂諸
難無難於此者也雖付之天下可也堯以是信
之矣而人未足以信之矣更試之以五典百揆

四門穆穆之事。

了九曰此篇文字亦妙首至弗嗣敘堯讓舜而舜讓德唐虞揖遜之風宛然在目自正月上日至遏密八音記舜相堯之事自月正元日至末記舜即位之事然只記命官一事此外更不及他事而即舉舜

東坡書傳卷第二

虞書

舜典第二

虞舜側微堯聞之聰明將使嗣位歷試諸難作舜典

曰若稽古帝舜曰重華協于帝

重襲也華文也襲堯之文也

濬哲文明溫恭允塞

濬深也哲智也塞實也書曰剛而塞詩曰秉心

之始終焉此是
史筆高處
則新曰曰濬曰
文曰溫曰允是
形容其玄也玄
方謂之華所云
闇然而日章也
又曰此因舜之
玄德所感而不
知者便以為有
物相之亦何物
哉玄德而已矣

塞淵

玄德升聞

玄幽也

乃命以位愼徽五典五典克從納于百揆百揆時
敘賓于四門四門穆穆

徽和也五典五敎也司徒之事也揆度也書曰
有能奮庸熙帝之載使宅百揆亮釆惠疇僉曰
伯禹作司空而左氏傳亦云使主后土以揆百
事則百揆司空之事也四門四方之門也穆穆

用脩曰按寧我問書云納於大麓烈風雷雨弗迷何謂也孔子曰此言人之應享天也堯既得舜歷試諸難使大録萬機之政是故陰清陽和五星來備風雨久以其應不有迷錯愆伏明舜

美也諸侯之來朝者舜賓迎之宗伯之事也

納于大麓烈風雷雨弗迷

舊說麓錄也舜大錄萬機之政陰陽和風雨時自漢以來有是說故章帝始置太傅錄尚書事而晉以後强臣將篡者爲之其源出于此考其所由蓋古文麓作禁故學者誤以爲錄耳或曰大麓太山麓也古者易姓告代必因泰山除地爲墠以告天地故謂之禪其禮既不經見而考書之文則堯見舜爲政三年而五典從百揆敘

之於合於天也此說與注疏合意古相傳如此今以大麓爲山麓是堯納舜于荒險之地而以狂風霹靂試其命何異於茅山道士之鬪法哉

四門穆風雨不迷而後告舜以禪位而舜猶讓不敢當也而堯乃於未告舜禪之前先往太山以易姓告代豈事之實也哉書云烈風雷雨弗迷是天有烈風雷雨而舜弗迷也今乃以爲陰陽和風雨時逆其文矣太史公曰堯使舜入山林川澤暴風雷雨舜行不迷此其實也堯之所以試舜者亦多方矣洪水爲患使舜入山林相視原隰雷雨大至衆懼失常而舜不迷其度量有絕人者而天地鬼神亦或有以相之歟且帝

則新曰今人俱有言乃底可績耶聖人之參與在此

王之興其受命之祥卓然見於書詩者多矣河圖洛書玄鳥生民之詩豈可謂誣也哉恨學者推之太詳讖緯而後之君子亦矯枉過正舉從而廢之以爲王莽公孫述之流沿此作亂使漢不失德莽述何自而起而歸罪三代受命之符亦過矣故夫君子之論取其實而已矣

帝曰格汝舜詢事考言乃言底可績三載汝陟帝位

格來也詢謀也底致也猶受命而往返而致命

也陟升也舜之始見堯也必有以論天下之事其措置當爾其成當如何考三年而其言驗乃致其功

舜讓于德弗嗣

以德不能繼爲讓

正月上日受終于文祖

上日上旬日也太史公曰文祖堯之太祖也不於其所祖受堯之終必于堯之祖廟有事于祖廟則餘廟可知

在璿璣玉衡以齊七政

在察也璿美玉也璣衡王者正天文之器可運轉者七政日月五星也

肆類于上帝

肆遂也類事類也以事告非常祀也凡祀上帝必及地示何以知其然也以郊之有望知之春秋書不郊猶三望傳曰望郊之細也書曰庚戌柴望大告武成柴祀天也望祀山川也而禮成于一日祀山川而不及地此理之必不然者也

了凡曰六宗只泛說注引祭法一段乃是災禳祈禱之義與此

是以知祀天必及地也詩曰昊天有成命郊祀天地也漢以來學者考之不詳而世主或出其私意五時祭帝汾陰祀后土而王莽始合祭天地世祖以來或合或否而唐明皇始下詔合祀至于今者疑焉以謂莽與明皇始變禮而不知祀天之必及地蓋自舜以來見于經矣

禋于六宗望于山川徧于羣神

精意以享曰禋宗尊也六宗尊神也所祭不經見諸儒各以意度之皆可疑惟晉張髦以爲三

禍無干涉漢唐
諸儒紛紛之議
皆不足憑

昭三穆學者多從其說然以書考之受終之初旣有事於文祖其勢必及餘廟豈有獨祭文祖于齊七政之前而別祭餘廟于類上帝之後者乎以此推之則齊七政之後所祭皆天神非人鬼矣孔安國六宗四時也寒暑也日也月也星也水旱也其說自西漢有之意其必有所傳受非臆度者其神名壇位皆不可以禮推猶秦八神漢太乙之類豈區區曲學所能以私意損益者哉春秋不郊猶三望三望分野之星與國中

山川乃知古者郊祭天地必及于天地之間所謂尊神者會諸侯也故三望而已則此禋于六宗望于山川徧于羣神蓋與類上帝爲一禮耳又以祭法考之其曰燔柴于泰壇祭天也瘞埋于泰折祭地也則此所謂類于上帝者也埋少牢于泰昭祭時也相近于坎壇祭寒暑也王宫祭日也夜明祭月也幽宗祭星也雩宗祭水旱也則此所謂禋于六宗也四坎壇祭四方也山林川谷丘陵能出雲爲風雨見怪物皆曰神有

天下者祭百神則此所謂望于山川徧于羣神也祭法所敘蓋郊祀天地從祀諸神之壇位而舜典之章句義疏也故星爲幽宗水旱爲雩宗合于所謂六宗者但鄭玄曲爲異說而改宗爲禜不可信也

輯五瑞既月乃日覲四岳羣牧班瑞于羣后

輯斂也班還也五瑞五玉也公執桓圭侯執信圭伯執躬圭子執穀璧男執蒲璧既盡也正月之未盡也蓋齊七政類上帝無暇日見諸侯既

月無事則四岳羣牧可以日覲矣古者朝覲贄
玉巳事則還之故始輯而終班
歲二月東巡狩至于岱宗柴
巡狩者巡行諸矦之所守也岱宗泰山也柴燔
柴祭天告至也
望秩于山川
東嶽諸矦境內名山大川如其秩次望祭之五
岳牲祀視三公四瀆視諸矦其餘視伯子男
肆覲東后

◎

用修曰修五禮五玉班志五玉作五樂蓋已有五瑞即五玉也玉當為樂注列五樂之目

東方諸矦也。

協時月正日。同律度量衡。

合四時之氣節。月之大小。日之甲乙。使齊一也。

律。十二律也。

脩五禮。五玉。三帛。二生。一死贄。

五禮。吉凶軍賓嘉也。五玉。五瑞也。三帛。孔安國曰。諸矦世子執纁。公之孤執玄。附庸之君執黃。二生。卿執羔。大夫執鴈。一死。士執雉。執以見曰贄。

如五器卒乃復

五器五玉也帛生死則否

五月南巡守至于南岳如岱禮

八月西巡守至于西岳如初

十有一月朔巡守至于北岳如西禮

南岳衡山西岳華山北岳恒山

歸格于藝祖用特

藝祖文祖也特一牛也

五載一巡守羣后四朝敷奏以言明試以功車服

用修曰按黃帝以後少昊高辛皆仍九州惟舜時暫置十二州故書曰肇十有二州肇之為言始也前此九州而今始為十二州也不然則肇字無所屬至夏還為九州

以庸　敷陳也奏進也庸用也諸侯四朝各使陳其言而試其功則賜以車服而用之

肇十有二州

肇始也禹治水之後舜分冀州為幽州并州分青州為營州

封十有二山

封封殖也十二州之名山皆禁採伐也

濬川象以典刑

典刑常刑也殺人者死傷人者刑象其所犯

了九曰墨劓剕宮大辟呂刑今明言苗民始制注忽增入以誣舜漢唐諸儒皆無此說

流宥五刑

五刑墨劓剕宮辟也作五流之法以宥五刑之輕者墨薄刑也其宥乃至于流乎曰刵者終身不可復而流者有時而釋不賢于刑之乎

鞭作官刑

官刑以治庶人在官慢于事而未入于刑者

朴作教刑

朴榎楚也教學者所用也

金作贖刑

過誤而入于刑與罪疑者皆入金以贖

眚災肆赦怙終賊刑

易曰無妄行有眚眚亦災也眚災者猶曰不幸非其罪也肆縱也春秋肆大眚是也怙恃也終不改也賊害也不幸而有罪則縱捨之恃惡不悛以害人則刑之

欽哉欽哉惟刑之恤哉

恤憂也

流共工于幽洲

幽洲北裔洲水中可居者

放驩兜于崇山

崇山南裔

竄三苗于三危

三苗縉雲氏之後爲諸侯三危西裔

殛鯀于羽山

羽山東裔在海中殛誅死也流放竄皆遷也

四罪而天下咸服

此四凶族也其罪則莫得詳矣至于流且死則

非小罪矣然堯不誅而待舜古今以爲疑此皆世家巨室其執政用事也久矣非堯始舉而用之苟無大故雖知其惡勢不可去至舜爲政而四人者不利乃始爲惡于舜之世如管蔡之于周公也歟

二十有八載帝乃徂落百姓如喪考妣三載四海遏密八音

徂落死也考妣父母也遏絕也密靜也堯年十六即位七十載求禪試三載自正月上日至崩

用修曰孔平仲以四岳為一人通為二十二人之數余深然其說以漢書三公一人為三老次卿一人為五更注云五更知五行者安知四岳非知四方者乎書內有百揆四

二十八載凡壽一百一十七歲

月正元日舜格于文祖

　月正正月也元日朔日也向告攝今告即位

詢于四岳闢四門明四目達四聰

　廣視聽于四方

咨十有二牧曰食哉惟時

　十二州之牧所重民食惟是而已

柔遠能邇惇德允元而難任人蠻夷率服

　能讀如不相能之能柔懷遠者使與近者相能

岳以四岳為四人則百揆亦須百人矣

了九曰奮庸熙載舜原求有功之人衆舉伯禹亦論其功帝曰諸平水土亦論其舊功也德降而功帝王之會豈偶然哉

惇厚也元善也難拒也任人佞人也惇厚其德信用善人而拒佞人則蠻夷服蓋佞人必好功名不務德而勤遠畧也

舜曰咨四岳有能奮庸熙帝之載使宅百揆亮釆惠疇

奮立也庸功也熙光也載事也有能立功光堯之事者當使宅百揆其能信事而順者誰乎哉

僉曰伯禹作司空帝曰俞咨禹汝平水土惟時懋

懋勉也

禹拜稽首讓于稷契暨皐陶

居稷官者棄也契皐陶二臣名

帝曰俞汝往哉

然其所推之賢不許其讓也

帝曰棄黎民阻饑

阻險難也

汝后稷播時百穀帝曰契百姓不親五品不遜汝作司徒敬敷五教在寬

◎

又曰不親不遜付之司徒而蠻夷猾夏然後用刑可以想盛世之風景

五教父義母慈兄友弟恭子孝以此教民必寬而後可亟則以德爲怨否則相率爲僞

帝曰皐陶蠻夷猾夏寇賊姦宄

猾亂也夏華夏也亂在外曰姦在内曰宄

汝作士五刑有服五服三就

士理官也服從也三就國語所謂三次也大者陳之原野小者致之市朝

五流有宅五宅三居惟明克允

三居如今律五流其詳不可知矣堯舜以德禮

治天下雖有蠻夷寇賊時犯其法然未嘗命將出師時使皐陶作士以五刑三就五流三居之法治之足矣兵旣不用度其軍政必寓于農民當時訓農治民之官如十二牧司徒司空之流當兼領其事是以不復立司馬也而或者因謂堯時士與司馬爲一官誤矣夫以將帥之任而兼之于理官無時而可也堯獨安能行之

帝曰疇若予工僉曰垂哉帝曰俞咨垂汝共工

垂臣名

垂拜稽首讓于殳斨暨伯與

二臣名

帝曰俞往哉汝諧

諧宜也

帝曰疇若予上下草木鳥獸

上山也下澤也

僉曰益哉

伯益也

帝曰俞咨益汝作朕虞

文曰宗非宗廟宗尊也敘次其所尊者故曰秩宗今稱禮部為宗伯亦是重禮

虞掌山澤之官

益拜稽首讓于朱虎熊羆

二臣名

帝曰俞往哉汝諧帝曰咨四岳有能典朕三禮僉

曰伯夷

三禮天地人禮伯夷臣名姜姓

帝曰俞咨伯汝作秩宗

秩序宗廟之官

夙夜惟寅直哉惟清

之意
又曰鷄鳴而起
覺念正惺夜氣
生息本真獨露
故養心之道以
夙夜爲先

書曰伯夷降典折民惟刑禮之所去刑之所取

故古者禮官兼折刑夙夜惟寅者爲禮也直哉

惟清者爲刑也惟直則刑清

伯拜稽首讓于夔龍

二臣名

帝曰俞往欽哉帝曰夔命汝典樂教冑子直而溫

寬而栗剛而無虐簡而無傲

栗莊栗也教者必因其所長而輔其所不足直

者患不溫寬者患不栗剛者患虐簡者患傲

詩言志歌永言聲依永律和聲

言之不足故長言之吟詠其言而樂生焉是謂歌永言聲者樂聲也永者人聲也樂聲升降之節視人聲之所能至則爲中聲是謂聲依永永則無節無節則不中律故以律爲之節是謂律和聲孔子論玉之德曰叩之有聲清越以長其終詘然樂也夫清越以長者永也其終詘然者律也夫樂固成于此二者歟

八音克諧無相奪倫神人以和夔曰於予擊石拊

又曰惟允者防讒說也命之出也恐讒說託之而行命之納也恐讒說乘之而進故欲核實之大率讒說害人在納處居多故以納言名官

石百獸率舞。

此舜命九官之際也。無緣夔於此獨稱其功。此益稷之文也。簡編脫誤。復見於此。

帝曰。龍。朕堲讒說殄行。震驚朕師。命汝作納言。夙夜出納朕命惟允。

堲疾也。殄絕也。絕行猶獨行。行之不可繼者也。惟讒說獨行。爲能動衆。納言之官。聽下言納于上。受上言宣于下。樞機之官。故能爲天下言行之帥。舜有不問而命。臣有不讓而受者。皆隨其

實也

帝曰咨汝二十有二人

書曰内有百揆四岳堯欲使巽朕位則非四人

明矣二十二人者蓋十二牧四岳九官也而舊

說以爲四人蓋每訪四岳必僉曰以荅之訪者

一而荅者衆不害四岳之爲一人也

欽哉惟時亮天功

亮弼也

三載考績三考黜陟幽明庶績咸熙分北三苗

承菴曰要識舜之初年履曆看三十徵庸句便見得要識舜之受終作為看三十在位句便見得要識舜之即位徃倫看五載陟方句便見得用脩曰陟方乃死按家語作五

苗之國左洞庭右彭蠡南方之國也而竄之西裔必竄其君耳其民未也至此治功大成而苗民猶不服故分北之

舜生三十

爲民者三十載

徵庸三十

歷試三載攝位二十八載通爲三十

在位五十載陟方乃死

堯崩舜服喪三年然後即位蓋年六十二矣在

千載陟方岳死於蒼梧之野以方為方岳正與國語舜勤民事而野死之文合南文義亦順今注以升遐訓之又與下文乃死重複矣左思吴都賦梁岷豈有陟方之館行宫之基共以陟方對行宫盖以為天子巡狩事也亦與國語家語合

位五十載而崩壽百有一十二說者以爲舜巡守南方死于蒼梧之野韓愈以爲非其說曰地傾東南巡非陟也陟方者猶曰升遐爾書曰惟新陟王是也傳書者以乃死爲陟方之訓蓋其章句而後之學者誤以爲經文此說爲得之

帝釐下土方設居方别生分類作汩作九共九篇槀飫

凡逸書不可强通其訓或曰九共九丘也古文丘共相近也其曰述職方以除九丘非也九丘

遼矣理哉然歟

則新曰知文命
四敷而言克艱
實是聖世君臣
之事也

東坡書傳卷第三

大禹謨第三

皐陶矢厥謨禹成厥功帝舜申之作大禹謨皐陶謨益稷

矢陳也申推明之也

曰若稽古大禹曰文命敷于四海祗承于帝

命教也以文教布于四海而繼堯舜以文命爲禹名則布于四海者爲何事耶

曰后克艱厥后臣克艱厥臣政乃乂黎民敏德

乃九曰此句工要見艱字意

又曰稽于賢易稽于衆難稽于衆易稽于衆而能舍己以從之難大舜一生工夫都在這裡

此禹之言也。君臣各艱畏。則非辟無自入民利在爲善而已。故敏于德。

帝曰。俞。允若兹。嘉言罔攸伏。野無遺賢。萬邦咸寧。

君臣無所艱畏。則易事而簡賢。賢者遁去。而善言不敢出矣。

稽于衆。舍己從人。不虐無告。不廢困窮。惟帝時克。

無告。天民之窮者也。困窮。士之不遇者也。帝堯也。

益曰。都。帝德廣運。乃聖乃神。乃武乃文。皇天眷命

又曰不曰如影
響而曰惟影響
曰如猶是二也
世間萬事有影

奄有四海爲天下君

都美也至道必簡至言必近君臣相與難畏舍已而用衆禮鰥寡達窮士其爲德若卑約然此夸者之所小而世俗之所謂無所至也故舜特申之曰是德也惟堯能之他人不能也益又從而贊之曰是德也推而廣之則乃所以爲聖神文武而天之所以命堯爲天子者特以是耳

禹曰惠迪吉從逆凶惟影響

惠順也迪道也言吉凶之出于善惡猶影響之

惟人心無影事之吉凶即人心善惡之影也響亦然

生于形聲

益曰吁戒哉儆戒無虞

虞憂也自其未有憂而戒之矣

罔失法度罔游于逸罔淫于樂任賢勿貳去邪勿疑

貳不專任也

疑謀勿成百志惟熙

人之爲不善雖小人不能無疑凡疑則巳則天下無小人矣人之所以不能大相過者皆好行

其所疑也疑謀勿成則凡所志皆卓然光明無
可媿者
罔違道以干百姓之譽罔咈百姓以從己之欲
民至愚而不可欺凡其所毁譽天且以是爲聰
明而況人君乎違道足以致民毁而已安能求
譽哉以是知堯舜之間所謂百姓者皆謂世家
大族也好行小慧以求譽于此固不足恤以爲
不足恤而縱欲以戾之亦殆矣咈戾也
無怠無荒四夷來王

九州之外世一見曰王國語日祭月祀時享歲
貢終王
禹曰於帝念哉德惟善政政在養民水火金木土
穀惟修
所謂六府
正德利用厚生惟和
所謂三事也春秋傳曰民生厚而德正用利而
事節正德者管子所謂倉廩實而知禮節衣食
足而知榮辱也利用利器用也厚生時使薄斂

又曰戒其失宜用威而反用休督其成宜用休而反用威蓋戒則善心生董則惧心生也

又曰謂之府則天地之藏其出

也使民之賴其生也者厚也民薄其生則不難犯上矣利用厚生而後民德正先言正德者德不正雖有粟吾得而食諸

九功惟敘九敘惟歌戒之用休董之用威勸之以九歌俾勿壞

先事而語曰戒休恩也董督也太史公曰沐浴膏澤而歌詠勤苦古之治民者于其勤苦之事則歌之使忘其勞九功之歌意其若豳詩也歟

帝曰俞地平天成六府三事允治萬世永賴時乃

無盡謂之事則君臣之業其責當備

則新曰前禹言眷民故舜亦以總師爲言下禹亦以民不依及民懷相眷堯舜禹所授受者只以民擔而已

功

水土治曰平五行敘曰成賴利也乃汝也

帝曰格汝禹朕宅帝位三十有三載耄期倦于勤

八十九十曰耄百年曰期頤

汝惟不怠總朕師禹曰朕德罔克民不依皋陶邁種德德乃降黎民懷之帝念哉念茲在茲釋茲在茲名言茲在茲允出茲在茲惟帝念功

邁遠也降下也種德者如農夫之種殖也衆人之種其德也近朝種而莫穫則其報亦狹矣皋

陶之種其德也遠造次顛沛未嘗不在于德而不求其報也及其充溢而不已則沛然下及于民而民懷之聖人之德必始于念故曰帝念哉念茲者固在茲矣及其念之至也則雖釋而不念亦未嘗不在茲也其始也念仁而仁念義而義及其至也不念而自仁義也是謂念茲在茲釋茲在茲名言者其辭命也允出者其情實也孔子曰名之必可言言之必可行是之謂名言名之以仁固仁矣名之以義固義矣是謂名言

茲在茲及其念之至也不待名言而情實皆仁義也是謂允出茲在茲此帝念念不忘之功也故曰惟帝念功禹既以是推臯陶之德因以是敎帝也曰邁種德者其德不可以一二數也念之而已念之至者念與不念未嘗不在德也其外之辭命其中之情實皆德也而德不可勝用矣孔子曰非禮勿視非禮勿聽非禮勿言非禮勿動一出于禮而仁不可勝用矣舜禹臯陶之微言其傳于孔子者蓋如此

又曰刑曰明則刑貴知而不貴用教曰弼則教爲主而刑輔之

用修曰帝之德冠古今矣而皐陶之謨但以罔愆言之禹之功平天地矣而孔子之語但以無間言之文武之

帝曰皐陶惟兹臣庶罔或干予正

干犯也

汝作士明于五刑以弼五教期于予治刑期于無刑民協于中時乃功懋哉

期至也

了凡曰意之所在曰期蓋用刑而意在無刑則皐非行法實種德也民信其心而不疑其法故翕然咸協于中

皐陶曰帝德罔愆臨下以簡御衆以寬罰弗及嗣賞延于世宥過無大刑故無小罪疑惟輕功疑惟重與其殺不辜寧失不經好生之德洽于民心兹用不犯于有司

謨烈光日月矣而君臣之書但以罔缺総之孟子曰事親若曾子可也韓子曰事君若周公可矣

又曰按林少頫云宥過誤則無大者小者則宥大者則不宥刑特故則無小者大者則刑小者則不刑此説極當

帝因禹之議皐陶故推其功而勉之皐陶憂天下後世以刑爲足以治也故推明其所自以爲非帝之至德不能至也

帝曰俾予從欲以治四方風動惟乃之休

帝之所欲欲民仁而壽且富也風動者如風動物而物不病也

帝曰來禹降水儆予成允成功惟汝賢

降當作洚孟子曰洚水者洪水也天以洪水儆予而禹平之使聲教信于四海

乃允曰克勤克儉是大禹一生得力處故舜特言之

克勤于邦克儉于家不自滿假惟汝賢

假大也

汝惟不矜天下莫與汝爭能汝惟不伐天下莫與汝爭功予懋乃德嘉乃丕績天之歷數在爾躬汝終陟元后人心惟危道心惟微惟精惟一允執厥中

人心衆人之心也喜怒哀樂之類是也道心本心也能生喜怒哀樂者也安危生于喜怒治亂寄于哀樂是心之發有動天地傷陰陽之和者

亦可謂危矣至于本心果安在哉爲有耶爲無耶有則生喜怒哀樂者非本心矣無則孰生喜怒哀樂者故夫本心學者不可以力求而達者可以自得也可不謂微乎舜戒禹曰吾將使汝從人心乎則人心危而不可據使汝從道心乎則道心微而不可見夫心豈有二哉不精故也精則一矣子思子曰喜怒哀樂之未發謂之中發而皆中節謂之和中也者天下之大本也和也者天下之達道也致中和天地位焉萬物育

焉夫喜怒哀樂之未發是莫可名言者子思名
之曰中以爲本心之表著古之爲道者必識此
心養之有道則卓然可見于至微之中矣夫苟
見此心則喜怒哀樂無非道者是之謂和喜則
爲仁怒則爲義哀則爲禮樂則爲樂無所往而
不爲盛德之事其位天地育萬物豈足怪哉若
夫道心隱微而人心爲主喜怒哀樂各隨其欲
其禍可勝言哉道心即人心也人心即道心也
放之則二精之則一桀紂非無道心也放之而

又曰欽哉工夫
正在愼乃有位
處用愼位工夫
正在敬脩處用

巳堯舜非無人心也精之而巳舜之所謂道心者子思之所謂中也舜之所謂人心者子思之所謂和也

無稽之言勿聽弗詢之謀勿庸可愛非君可畏非民衆非元后何戴后非衆罔與守邦欽哉愼乃有位敬修其可願

人之所願與聖人同而不修其可以得所願者孟子所謂惡濕而居下惡醉而强酒也

四海困窮天祿永終

舜之授禹也天下可謂治矣而曰四海困窮者託于不能以讓禹也

惟口出好興戎朕言不再

好爵祿也戎兵刑也吾言非苟而已喜則爲爵祿怒則爲兵刑其爲授禹也決矣

禹曰枚卜功臣

枚歷也

惟吉之從帝曰禹官占惟先蔽志昆命于元龜

蔽斷也昆後也使卜筮之官占是事必先斷志

而後令龜
朕志先定詢謀僉同鬼神其依龜筮協從
其者意之之詞也以龜協從知之
卜不習吉
習因也卜已吉而更卜爲習吉
禹拜稽首固辭帝曰毋惟汝諧正月朔旦受命于
神宗
堯之所從受天下者曰文祖舜之所從受天下
者曰神宗受天下于人必告于其人之所從受

者禮曰有虞氏禘黃帝而郊嚳祖顓頊而宗堯則神宗爲堯明矣舜禹之受天下于堯舜也及堯舜之存而受命于其祖宗矣舜受命二十八年而堯崩禹受命十七年而舜崩既崩三年然後退而避其子是猶足信乎

率百官若帝之初帝曰咨禹惟時有苗弗率汝徂征

率循也徂往也

禹乃會羣后誓于師曰濟濟有衆咸聽朕命蠢玆

有苗

　蠢動也

昏迷不恭侮慢自賢反道敗德君子在野小人在位民棄不保天降之咎肆予以爾衆士奉辭伐罪爾尚一乃心力

　尚庶幾也

其克有勳三旬苗民逆命益贊于禹曰惟德動天無遠弗屆

　屆至也

了九曰苗民之罪已着但有一毫是已非苗之意便是滿因其不服而反躬自治便是謙

滿招損謙受益時乃天道帝初于歷山往于田日號泣于旻天于父母負罪引慝祇載見瞽瞍夔夔齊慄瞽亦允若

夔夔敬懼貌也

至誠感神

以誠感物曰諴

矧兹有苗禹拜昌言曰俞

昌言盛德之言也

班師振旅

又曰誕敷文德舊謂不事威武便是誕敷非别有所開大也蓋其意謂舜之德已極不可復增耳聖人之心正不如此其自視常虛其視道常無盡故德已至而益脩數已徧而益廓也舜本是天生大聖然當號泣怨慕之

班還也入曰振旅

帝乃誕敷文德

誕大也

舞干羽于兩階

干楯也羽翳也兩階賓主之階也

七旬有苗格

世傳汲冢書以堯舜爲幽囚野死而伊尹爲太甲所殺或以爲信然學者雖非之而心疑其說考之于書禹既受命于神宗出征三苗而反帝

◎

時動心忍性以然有所增益今日經此一番磨練儼然有負罪引慝之誠豈無增益之理

猶在位修文德舞干羽以來有苗此豈逼禪也哉

虞書

臯陶謨第四

曰若稽古臯陶曰允迪厥德謨明弼諧

迪蹈也謨謀也弼正也諧和也言世所稱臯陶之德臯陶信蹈而行之非虛名也其爲人謀也明其正人之失也和皆臯陶之德也書言若稽古者四蓋史之爲此書也曰吾順考古昔而得

其爲人之大凡如此在堯曰放勳欽明文思安安允恭克讓光被四表格于上下在舜曰重華協于帝濬哲文明溫恭允塞在禹曰文命敷于四海祗承于帝在皋陶曰允迪厥德謨明弼諧皆有虞氏之世史官記其所聞之辭也有虞氏之世而謂舜皋陶爲古可乎曰自今已上皆古也何必異代春秋傳凡虞書皆曰夏書則此書作于夏氏之世亦不可知也

禹曰俞如何

允迪厥德謨明弼諧者史之所述非臯陶之言也而禹曰俞所然者誰乎此其間必有闕文者矣臯陶有言而禹然之且問之簡編脫壞而失之耳

臯陶曰都愼厥身脩思永

愼其身之所修者思其久遠之至者禮曰君子過言則民作辭過動則民作則故言必慮其所終行必稽其所敝

惇敘九族庶明勵翼邇可遠在茲

亏九曰知人則哲此下句句形容其交盡之難

惇厚也敘次也庶明衆顯者謂近臣也勵勉也翼輔也自修身以及九族近臣此邇可遠之道也

禹拜昌言曰俞

盛德之言故拜

皋陶曰都在知人在安民禹曰吁咸若時惟帝其難之知人則哲能官人安民則惠黎民懷之能哲而惠何憂乎驩兜何遷乎有苗何畏乎巧言令色孔壬

則新曰從人說到德從德說到行從行說到事則無不知之人矣蓋因題以測微也

孔甚也壬佞也

臯陶曰都亦行有九德亦言其人有德乃言曰載采采

人有可知之道而無可知之法如蕭何之識韓信此豈有法可學哉故聖人不敢言知人蓋用人而不疑與疑人而不用皆足以敗國而亡家然卒無知人之法以諸葛亮之賢而短于知人況其下者乎人主欲常有爲則事繁而民亂欲常無爲則政荒而國削自古及今兵强國治而

民安者無有也人之難安如此此禹之所畏堯
舜之所病也皐陶曰然豈可以畏其難而不求
其術乎蓋亦嘗試以九德求之亦行有九德者
以此自修也亦言其人有德者以此求人也論
其人則曰斯人也有某德言其德則曰是德也
有某事某事采者事也載采采者歷言之也

禹曰何皐陶曰寬而栗

　栗懼也寬者患不戒懼

柔而立愿而恭

愿慤也慤者或不恭

亂而敬

横流而濟曰亂故才過人可以濟大難者曰亂

亂臣十人是也才過人者患在于夸傲

擾而毅

擾馴也

直而溫簡而廉

簡易者或無廉隅

剛而塞

又曰彰應工於字采字宥常應下日宣日嚴三德六德與洪於有九德應浚明亮采與載采應

塞實也剛者或色厲而内荏故以實爲貴易曰剛健篤實光輝日新其德

彊而義彰厥有常吉哉

德惟一動罔不吉故常于是德然後爲吉也

日宣三德夙夜浚明有家

宣達也浚盡其才也明察其心也言九德之中得三人而宣達之盡其才而察其心則卿大夫之家可得而治也

日嚴祇敬六德亮采有邦

又曰德不止於三與六故欲翕受而敷施之則不特三德有家之事六德有邦之事而九德之人咸事無惟九德咸事故俊乂不在野而在官在官則爲百僚矣

得六人而嚴憚敬用之信任以事則諸侯之國可得而治也

翕受敷施九德咸事俊乂在官百僚師師百工惟時撫于五辰庶績其凝

翕合也有治才曰乂撫循也五辰四時也凝成也九德並至文武更進剛柔雜用則以能合而受之爲難能合而受之矣則以能行其言爲難故曰翕受敷施九德咸事此天子之事也古之知言者忘言而取意故言無不通後之學士膠

于言而責其必然故多礙多礙故多說天子用九德諸侯用六大夫用三言不得不爾而其實未必然也孔子曰天子有爭臣七人諸侯五人大夫三人使諸侯而有爭臣七人可得謂之僭天子乎故觀書者取其意而已或曰皋陶之九德區區剛柔之迹耳何足以與知人之哲乎然則皋陶何為立此言也曰何獨皋陶舜命夔曰直而溫寬而栗剛而無虐簡而無傲箕子教武王正直剛克柔克沉潛剛克高明柔克雖三聖

則新曰一人逸欲究竟要到敎有邦地位也是勢所必至故聖賢劈頭斬絕之

之所陳詳畧不同然皆以長短相輔剛柔相濟爲不知人者立寡過之法也其意曰不知人者以此觀人參其短長剛柔而用之可以無大失矣譬如藥之有方聚衆毒而治一病君臣相使畏惡相制幸則愈疾不幸亦不至殺人者此豈爲秦越人華陀設乎

無教逸欲有邦兢兢業業一日二日萬幾

事無不待教而成惟國君之逸欲莫有以教之者而自能也位不期驕祿不期侈故一日二日

耳

之間而可致危亡者至于無數幾危也

無曠庶官天工人其代之

天有是事則人有此官官非其人與無官同是廢天事也而可乎

天敘有典勑我五典五惇哉

勑正也

天秩有禮自我五禮五庸哉

秩亦敘也庸常也

同寅協恭和衷哉

又曰勑五典自五禮工夫全在寅恭處此句以君為主而臣輔之是知人中得來

子淵曰古文用戠字

寅敬也衷誠也

天命有德五服五章哉天討有罪五刑五用哉政事懋哉懋哉

懋勉也父義母慈兄友弟恭子孝皆出于民性之自然孰爲此敘者非天乎我特從而正之使益厚耳豺獺之敬啁啾之悲交際之歡攘奪之怒牝牡之好此五禮之所從出也孰爲此秩者非天乎我特從而修之使有常耳此二者道德之事非君臣同其誠敬莫能致也五等車服天

所以命有德而我章之刑罰天所以討有罪而
我用之此二者政事也勉之而已
天聰明自我民聰明天明畏自我民明威達于上
下敬哉有土
上帝付耳目于民者以其衆而無私也民所喜
怒威福行焉自天子達不避貴賤有土者可不
敬哉
皐陶曰朕言惠
惠順也

了九曰前曰日宣日嚴又曰一曰二日至夙又曰日贊有惜時畵湣之意

可底行禹曰俞乃言底可績皐陶曰予未有知思曰贊贊襄哉

曰當作日

書傳

東坡書傳卷第四

虞書

益稷第五

帝曰來禹汝亦昌言禹拜曰都帝予何言予思日孜孜

汝亦昌言者因皐陶之言以訪禹也皐陶曰予未有知者猶曰吾不知其他也思日夜賛襄而已賛進也襄上也讀如懷山襄陵之襄皐陶之意曰吾不知其他也思日夜進益而已知進而

◎

不知退知上而不知下也易曰天行健君子以自强不息行健者如登高進而不知止雖超太山可也禹亦因臯陶之言而進之曰予何言何言者亦猶臯陶之未有知也又曰予思日孜孜思日孜孜者亦猶臯陶之思日賛賛襄哉也其言皆相因之辭予是以知曰之當爲日也伏生以益稷合于臯陶謨有以也夫

臯陶曰吁如何禹曰洪水滔天浩浩懷山襄陵下民昏墊

用修曰按尸子云行塗以楯行險以摞行山乘樏行沙乘軌輴軌樏摞是曰四載舟車常所乘宜不在四內也

昏瞀也墊陷也

予乘四載隨山刋木暨益奏庶鮮食

水行乘舟陸行乘車泥行乘輴山行乘樏秦漢以來師傳如此且孔氏之舊也故安國知之非諸儒之臆說也四載之解雜出于尸子愼子而最可信者太史公也亦如六宗之說自秦漢以來尚矣豈可以私意曲學鐫鑿附會爲之哉而或者以爲鯀治水九載兗州作十有三載乃同禹之代鯀蓋四載而成功也世或喜其說然詳

味本文予乘四載隨山刋木則是駕此四物以行于山林川澤之間非以四因九通爲十三載之辭也按書之文鯀九載績用弗成在堯未得舜之前而殛鯀在舜登庸歷試之後鯀殛而後禹興則禹治水之年不得與鯀之九載相接兗州之功安得通四與九爲十三乎禹之言曰娶于塗山辛壬癸甲是娶在治水之中又曰啓呱呱而泣予弗子惟荒度土功是啓生在水患未平之前也禹服鯀三年之喪自免喪而至于娶

而至于子自有子至于止禹而泣亦久矣安得在四載之中乎反覆考之皆與書文乖異書所云作十有三載乃同者指兖州之事非謂天下共作十三載也近世學者喜異而巧于鑿故詳辯之以解世之惑

予決九州距四海

九州之名川也

濬畎澮距川

畎遂溝洫澮皆通水之道達于川者也

了允曰按血食曰鮮恐未然若以麋鮮食為艱鳥獸之肉則麋艱食將何指耶況益烈山澤禽獸逃匿又安所得其肉也水土未平自食之難則曰艱自食之少則曰鮮烝民乃粒非至此始粒食乃是向之

曁稷播奏庶艱食鮮食懋遷有無化居烝民乃粒萬邦作乂

播種也奏進也鮮食肉食也禹之在山林也與益同之益朕虞也其鮮食鳥獸也其在川澤也與棄同之棄后稷也其鮮食魚鼈也艱食者草木根實之類凡施力艱難而得者也艱食鮮食民粗無飢矣乃勉之遷易其有無以變化其所居積而農事作矣

皐陶曰俞師汝昌言

鮮者廣艱者易而人皆粒食也若謂至是始粒食則前暨稷所播者豈但種而不食乎

禹所謂孜孜者其言至約而近也故皋陶吁而問之禹乃極言孜孜之功效其所建立成就巍巍如此故皋陶曰俞師汝昌言夫以一言而濟天下利萬世可不師乎

禹曰都帝愼乃在位帝曰俞禹曰安汝止惟幾惟康其弼直惟動丕應徯志以昭受上帝天其申命用休帝曰吁臣哉鄰哉鄰哉臣哉禹曰俞

止居也安汝居者自處于至靜也防患于微曰幾幾則思慮周無心于物曰康康則視聽審思

慮周而視聽審則輔汝者莫不盡其直也反而求之無意于防患則思慮淺有心于求物則視聽亂思慮淺而視聽亂則輔汝者皆諂而已士之志于用者衆矣待汝而作故曰徯志汝旣能安居幾康而觀利害之實是惟無動動則凡徯志者皆應矣夫豈獨人應之天必與之鄰近臣也帝以其言切而道大故歎曰我獨成此非臣誰與共之助我者四鄰之臣而助四鄰者凡在朝之臣也故曰臣哉鄰哉鄰哉臣哉

帝曰臣作朕股肱耳目予欲左右有民汝翼

左右助也助我所有之民也輔翼之也

予欲宣力四方汝爲

朝諸侯服四夷凡富國强兵之事也

予欲觀古人之象日月星辰山龍華蟲作會宗彝藻火粉米黼黻絺繡以五采彰施于五色作服汝明

日日也月月也星五緯之星也辰辰心伐北辰三辰也山山也龍龍也華蟲雉也日也月也星辰

也山也龍也華蟲也此六章者畫之于宗廟之彝樽故曰作會宗彝也藻水草也火火也粉粉也米米也黼斧也黻兩已也藻也火也粉也米也黼也黻也此六章者繡之于絺以爲裳絺葛之精者也故曰絺繡以五采彰施于五色作服者通言十二章也上六章繪而爲衣下六章繡而爲裳故曰作服也自孔安國鄭玄王肅之流各傳十二章紛然不齊予獨爲此解與諸儒異者以虞書之文爲正也

用修曰漢書律曆志引古文尚書予欲聞六律五聲八音七始詠以出納五言今文七始詠作在治忽史稱祖據漢郊祀歌七始華始肅倡和聲而以今文在治忽近于傳会以予考之此言聲律音韻是一類事但漢書注不注七始之義今之切韻宮商

予欲聞六律五聲八音在治忽以出納五言汝聽
在察也忽不治也聲音與政通故可以察治否也五言者詩也以諷詠之言寄之于五聲蓋以聲言也故謂之五言

予違汝弼汝無面從退有後言欽四鄰
帝慼禹言有臣鄰之歎故條四事以責其臣而又戒之曰欽四鄰

庶頑讒說若不在時侯以明之撻以記之書用識哉欲並生哉工以納言時而颺之格則承之庸之

角徵羽之外又有半商半徵蓋牙齒舌喉唇之外有深喉淺喉二音此即所謂七始詠詠即韻也汗簡録古七始詠夾始蓋古文七作桼桼与夾翻近而誤猶可驗史氏之說為是由此言之切韻之法自舜世已然不起于西域胡僧又可知予表出之

否則威之

論語曰有耻且格格改過也春秋傳曰奉承齊犠古者謂奉牲幣而薦之曰承承薦也衆頑讒說之人不率是教者舜皆有以待之夫化惡莫若進善故擇其可進者以射侯之禮舉之其不率教之甚者則撻之其小者則書其罪以記之欲其並居而知耻也此士之有罪而未可終棄者故使樂工采其謳謠諷諫之言而颺之以觀其心其改過者則薦之且用之其不悛者則威

之夏楚之寄之之類是也

禹曰俞哉

春秋傳太子欲殺渾良夫公曰諾哉諾哉云者口諾而心不然也禹之所以然者曰俞而已俞哉云者亦有味其言矣舜舉四事以責其臣立射侯書撻等法以待庶頑皆治理也而禹獨有味于斯言也者蓋其心有所不可于此以爲身修而天下自服也

帝光天之下至于海隅蒼生萬邦黎獻

又曰聖人與惡人人品相縣而其机原不甚相遠一念虛便是舜一念滿便是丹朱故以與若丹朱戒舜非詞明聖凡之戒者不能

衆賢也。

共惟帝臣惟帝時舉敷納以言明試以功車服以庸誰敢不讓敢不敬應帝不時敷同日奏罔功無若丹朱傲惟慢遊是好傲虐是作罔晝夜頟頟

頑狠之狀。

罔水行舟朋淫于家用殄厥世予創若時娶于塗山辛壬癸甲

創懲也懲丹朱之惡辛日娶于塗山甲日復往治水。

啓呱呱而泣予弗子惟荒度土功

啓禹子也禹治水過門不入聞啓泣而不暇子也惟大度土工而已

弼成五服至于五千

五服侯甸綏要荒也服五百里四方相距爲方五千里

州十有二師

凡二千五百人一州用三萬人九州二十七萬人

外薄四海咸建五長
五國立賢者一人爲方伯謂之五長
各迪有功苗頑弗即工帝其念哉
禹見帝憂讒邪之甚故推廣其意曰帝之德光
被天下至于海濵草木而況此衆賢乎考其言
明其功誰敢不從帝不能如是布宣其德以同
天下使苗民逆命日進而終無功者豈其修已
有未至也哉故戒之曰無若丹朱傲而歷數其
惡曰我惟以丹朱爲戒故能平治水土弼成五

了九曰堂上之
樂以歌為主而
鳴球琴瑟皆輕

服今天下定矣而苗猶不即工者帝不可以不求諸已也故曰帝其念哉此禹得之于益班師而歸諫舜之詞也而說者乃謂禹勸舜當念三苗之罪而誅之夫所謂念哉者豈誅有罪之言乎

帝曰迪朕德時乃功惟敘臯陶方祇厥敘方施象刑惟明夔曰戛擊鳴球搏拊琴瑟以詠祖考來格虞賓在位羣后德讓

此堂上樂也戛擊柷敔也鳴球玉磬也搏拊以

清而在堂上者以之合于八聲故曰以詠堂下之樂以管為主而鼗鼓笙鏞與上間作故曰以間

韋爲之實之以糠所以節樂虞賓丹朱也二王後故稱賓

下管鼗鼓合止柷敔笙鏞以間鳥獸蹌蹌簫韶九成鳳凰來儀

此堂下樂也鏞大鐘也夔作樂而鳥獸舞鳳凰儀信乎曰何獨夔也樂工所以不能致氣召物如古者以不得中聲故爾樂不得中聲者器不當律也器不當律則與擿植鼓盆無異何名爲樂乎使律能當律則致氣召物雖常人能之蓋

王安曰八音以石為君而韶樂以球為首故獨言石
王仲山曰夔之言非出于一時

見于古今之傳多矣而況于夔乎夫能當一律則衆律皆得衆律皆得則樂之變動猶鬼神也是以降天神格人鬼來鳥獸皆無足疑者不如此何以使孔子忘味三月乎丹朱之惡幾于桀紂罔水行舟朋淫于家非紂而何今乃與羣后濟濟相讓此其難化蓋甚于鳥獸也

夔曰于予擊石拊石百獸率舞庶尹允諧

舜聞禹諫則曰道我德者皆汝功也今苗民逆命皋陶方祇厥敘而行法焉故夔又進而諫曰

而虞史並記之亦非定以宗庙朝廷對言也

用修曰脞徐邈讀作瑣

鬼神猶可以樂格鳥獸猶可以樂致也而況于人乎此所謂工執藝事以諫者也

帝庸作歌曰勑天之命惟時惟幾乃歌曰股肱喜哉元首起哉百工熙哉臯陶拜手稽首颺言曰念哉率作興事慎乃憲欽哉屢省乃成欽哉乃賡載歌曰元首明哉股肱良哉庶事康哉又歌曰元首叢脞哉

叢脞細碎也

股肱惰哉萬事墮哉帝拜曰俞往欽哉

帝至此納禹之諫乃作歌曰天命不可常也待
禍福之至而慮之則晩矣當以時慮其微者蓋
始從禹之諫而取益之言有畏滿思謙之意也
臯陶颺言曰念哉申禹之諫也曰凡所與作愼
用刑廣禹之意也雖成功猶内自省終益之戒
也帝之歌曰股肱喜則元首起而百工熙臯陶
反之曰良康惰壞皆元首之致也嗚呼唐虞之
際于斯爲盛而學者不論惜哉

予九曰禹貢文字極好視後世圖經地志之作筆力萬倍

又曰禹貢一書只重治水工夫治水莫先乎知地勢之高下故敷土莫先乎知水勢之緩急故隨刊又莫先乎

東坡書傳卷第五

夏書

禹貢第一

禹別九州。隨山濬川。任土作貢。

不貢所無及所難得。

禹敷土

敷道修載敘。又皆治也。

隨山刊木。

山行多迷。刊木以表之且以通道。史記云。山行

知水勢之出入故奠山川用修曰禹貢奠高山大川其九州也各以地名州而不以州分地盖荆衡萬古不徙之山而河濟者萬古不泯之水也以故荆兖之名得附河濟荆衡而不滅萬世而下求禹貢九州之域者皆可得而考也九州惟冀無所

表木。

奠高山大川。

奠定也高山五岳大川四瀆定其名秩祀禮所視。

冀州。

堯河水爲患最甚江次之淮次之河行冀兗爲多而青徐其下流被害亦甚堯都于冀故禹行自冀始次于兗次于青次于徐四州治而河患衰矣雍豫雖近河以下流既治可以少緩也故

至者舉八州而界自見矣所以別帝都而大一統也九疇之皇極貢法之公田見乎此矣楊不南青雍不言比則以其境接裔狄提封叛服不常乎

次乎楊次乎荊以治江淮江淮治而水患平次于豫次于梁次于雍以治江河上流之餘患而雍最高故終焉八州皆言自某及某爲某州而冀獨否蓋以餘州所至而知之先賦後田不言貢篚皆與餘州異

既載壺口治梁及岐

壺口在河東屈縣東南梁山在左馮翊夏陽縣西北岐山在扶風美陽縣西北梁岐二山在雍州今于冀州言之者豈當時河患上及梁岐乎

了九曰梁岐相去近中間無別山故曰及太原岳陽相去遠中間非一處故曰至

禹通砥柱則壺口平而梁岐自治因河而言非以二山爲冀州之地也

既修太原至于岳陽

太原晉陽也岳太岳也亦號霍太山在彘縣東

覃懷厎績至于衡漳

覃懷河内懷縣漳水橫流入河衡橫也濁漳水出長子縣東至鄴入清漳清漳水出上黨沾縣大黽谷東北至渤海阜城縣入河

厥土惟白壤

又曰冀為王都貢皆并入賦內故第一然猶雜出第二者地力有上下年分之不同如周官田一易再易之類也

無塊曰壤

厥賦惟上上錯厥田惟中中

賦田所出穀米兵車之類禹貢田賦皆九等此爲第一雜出第二之賦冀州畿內也田中中而賦上上理不應爾必當時事有相補除者豈以不貢而多賦耶然不可以臆說也

恒衛既從大陸既作

恒水出常山上曲陽縣東入滱水衛水出常山靈壽縣東北入滹沱大陸在鉅鹿縣北水已復

用修曰右碣石即河赴海處右北平郡南二十里左碣石在高麗唐書云碣山在漢樂浪郡遂城縣長城起于此山

故道則大陸之地可耕作

島夷皮服

東北海夷也水患除故服皮服

夾右碣石入于河

碣石海畔山在北平驪城縣西南河自碣石山南渤海之北入海夾挾也自海入河逆流而西右顧碣石如在挾掖也

濟河惟兗州

河濟之間相去不遠兗州之境北距河東南跨

了九曰九河即禹播之而為九者在今滄瀛景德之間未嘗論入於海徒駭等名出自爾雅蔡仲默合簡潔為一而謂其一即河之經流悞也今南皮縣明有簡河何嘗與潔為一河既播之為九又安得有

濟非止于濟也

九河既道

河水自平原以北分爲九道其名據爾雅則徒駭也太史也馬頰也覆釜也胡蘇也簡也潔也鉤盤也鬲津也漢成帝時河隄都尉許商上書曰古記九河之名有徒駭胡蘇鬲津今見在成平東光鬲縣自鬲津以北至徒駭其間相去二百餘里以許商之言考之徒駭最北鬲津最南蓋徒駭是河之本道東出分爲八枝徒駭在成

經流乎

平胡蘇在東光鬲津在鬲縣其餘不可復知也然爾雅九河之次自北而南既知三河之處則其餘六者太史馬頰覆釜當在東光之北成平之南簡潔鉤盤當在東光之南鬲縣之北也其河堙塞時有故道春秋緯寶乾圖云移河為界在齊呂塡閼八荒以自廣故鄭玄云齊威公塞之同為一河今河間弓高以東至平原鬲津往往有其遺處蓋塞其八枝幷使歸于徒駭也

雷夏既澤灉沮會同

濰沮二水雷澤在濟陰成縣西北

桑土既蠶是降丘宅土厥土黑墳

黑而墳起

厥草惟繇厥木惟條

繇茂也條長也

厥田惟中下厥賦貞

貞正也賦當隨田高下此其正也其不相當者蓋必有故如向所云相補除者非其正也此州田中下賦亦中下皆第六

周修曰九州要記云雎渙之間出文章天子郊廟御服出焉所謂厥篚織文也述異記雎渙二水波文皆若五色其人多文章故名繢水文選陳琳書云遊雎渙者嘗藻繢之綵杜詩衣冠逮遠越藻繢憶遊

作十有三載乃同
兗州河患最甚故功後成至于作十有三載
厥貢漆絲厥篚織文
幣帛盛于篚書曰篚厥玄黃
浮于濟漯達于河
順流曰浮因水入水曰達漯水出東郡東武陽縣至樂安千乘縣入海濟水具下文自漯入濟
自濟入河
海岱惟青州

睢

了凡曰漢志謂濰水出瑯琊箕屋山北至東昌入海蔡謂出濰山豈濰山即箕屋山歟淄水出岱北之原山東北至博昌入海蔡謂入濟誤也濰在東南淄在西北

西南至岱宗東北跨海至遼東舜十二州分青爲營營州卽遼東也漢末公孫度據遼東自號青州刺史

嵎夷旣畧濰淄其道

嵎夷卽堯典嵎夷也畧用功少也濰水出瑯邪箕屋山北至都昌縣入海淄水出太山萊蕪縣原山東北至千乘博昌縣入海

厥土白墳海濱廣斥

說文云東方謂之斥西方謂之鹵鹵鹹地也

用修曰古書解者多失其義遠害於理尚書注怪石之貢以為奇怪之石若後世

厥田惟上下厥賦中上

田第三賦第四

厥貢鹽絺

絺細葛也

海物惟錯

錯雜也魚鰕之類

岱畎絲枲鉛松怪石

畎谷也枲麻也鉛錫也怪石石似玉者貢此八物

靈壁太湖巖室玲瓏以供戲玩是禹為牛僧孺米元章也又解禹貢三江之水味別是以聖人為品水鬬茶如陸羽張又新之流也思之可發一咲

又曰檿烏簟切說文山桑有點文者引詩其檿其柘國語檿弧箕服孔氏書注食檿之蚕絲可

萊夷作牧

春秋夾谷之會萊人以兵劫魯侯孔子曰兩君合好而裔夷之俘以兵亂之以是知古者東萊之有夷也牧芻牧也傳曰牧隰皐井衍沃蓋海水患除始芻牧也

厥篚檿絲

爾雅檿桑山桑惟東萊出此絲以織繒堅韌異常萊人謂之山蠒萊夷作牧而後有此故書篚在作牧之後

以絃琴瑟獻史
記於會

浮于汶達于濟

汶水出太山萊蕪縣西南入濟諸州之末皆記入河水道以兗都在冀而河行于冀也雖不言河濟固達河也

海岱及淮惟徐州

東至海北至岱南及淮

淮沂其乂蒙羽其藝

淮水出桐栢山其原遠矣于此言之者淮水至此而大爲害尤甚喜其治故于此記之沂水出

太山蓋縣臨樂子山南至下邳入泗蒙山在太山蒙陰縣西南羽山在東海祝其縣南二水旣治則二山可種

大野旣豬東原底平

大野澤在山陽鉅野縣北東原今東平郡也水之停曰豬

厥土赤埴墳

土黏曰埴

草木漸包

進長曰漸蓁生曰包
厥田惟上中厥賦中中
田第二賦第五
厥貢惟土五色
王者封五色土爲社建諸矦則以其方色土賜
之燾以黄土苴以白茅使歸其國立社
羽畎夏翟
夏翟雉也羽中旌旄羽山之谷有之
嶧陽孤桐

東海下邳縣西有葛嶧山即此山也其特生之

桐中琴瑟

泗濱浮磬

泗水依山水中見石若浮于水上此石可爲磬

淮夷蠙珠暨魚

詩有淮夷知古者淮有夷也蠙蚌屬出珠惟淮夷有珠暨魚如萊夷之有檿絲也貢此六物

厥篚玄纖縞

玄黑繒縞白繒纖細也

浮于淮泗達于河

自淮泗入河必通于汴世謂隋煬帝始通汴入泗禹時無此水道以疑禹貢之言此特學者考之不詳而已謹按前漢書項羽與漢約中分天下割鴻溝以西爲漢以東爲楚文穎注云于滎陽下引河東南爲鴻溝以通宋鄭陳蔡曹衛與濟汝淮泗會于楚即今官渡是也魏武與袁紹相持于官渡乃楚漢分裂之處蓋自秦漢以來有之安知非禹迹耶禹貢九州之末皆記入河

水道而淮泗獨不能入河帝都所在理不應爾意其必開此道以通之其後或爲鴻溝或爲官渡或爲汴上下百餘里間不可必然皆引河水而注之淮泗也故王濬伐吳杜預與之書曰足下旣摧其西藩當徑取秣陵討累世之逋寇釋吳人于塗炭自江入淮逾于泗汴泝河而上振旅還都亦曠世一事也王濬舟師之盛古今絕倫而自泗汴泝河可以班師則汴水之大小當不減于今又足以見秦漢魏晉皆有此水道非

煬帝創開也自唐以前汴泗會于彭城之東北然後東南入淮近歲汴水直達于淮不復入泗矣吳王夫差闕溝通水與晉會于黄池而江始有入淮之道禹時則無之故禹貢曰沿于江海達于淮泗明非自海入淮則江無通淮之道今之末直云浮于淮泗達于河不言自海則鴻溝官渡汴水之類自禹以來有之明矣

淮海惟揚州

北跨淮南跨海

鄧二泉曰江漢水張彭蠡鬱不流逆為巨浸無仰具入而有賴其過彼不過則此不積所謂滙也者如此故曰北會於滙之言其外也蠡言其內也于滙不于彭蠡勢則然也。蓋實志也江水瀦發最在上流其次則漢自北入其次則彭蠡自南北入三水

彭蠡既豬陽鳥攸居。

陽鳥鴻鴈之屬也去寒就煖九月而南正月而北彭蠡在彭澤西北北方之南南方之北也故陽鳥多留于此。

用修曰日之行夏至漸南冬至漸北鴻雁南北與日進退隨陽之鳥故稱陽鳥也

三江既入震澤底定。

三江之入古今皆不明予以所見考之自豫章而下入于彭蠡而東至海爲南江自蜀岷山至于九江彭蠡以入于海爲中江自嶓冢導漾東流爲漢過三澨大別以入于江東匯澤爲彭蠡

並持而東則江爲中江漢爲北江彭蠡所入爲南江可知已非判然異派之謂也且江漢之合茫然一水雖見其爲江也不見其爲漢也故曰中江曰北江然其勢則相敵也故曰江漢朝宗九集傳謂經誤者非是

魏莊渠曰禹貢東滙澤爲彭蠡

以入于海爲北江此三江自彭蠡以上爲二自夏口以上爲三江漢合于夏口而與豫章之江皆匯于彭蠡則三江爲一過秣陵京口以入于海不復三矣然禹貢猶有三江之名曰北曰中者以味別也蓋此三水性不相入江雖合而水則異故至于今而有三泠之説古今稱唐陸羽知水味三泠相雜而不能欺不可誣也予又以禹貢之言考之若合符節禹之敘漢水也曰嶓冢導漾東流爲漢又東爲滄浪之水過三澨至

無仰于江漢也噫胡不求諸禹未疏鑿以前耶江右山勢四盤衆水同出彭蠡爲口形則高仰洑得江漢外水闌之還能瀦而後泄耶

于大別南入于江至于東匯澤爲彭蠡東爲北江入于海夫漢既已入江且匯爲彭蠡矣安能復出爲北江以入于海乎知其以味別也禹之敘江水也曰岷山導江東別爲沱又東至于澧過九江至于東陵東迤北會于匯東爲中江入于海夫江既已與漢合且匯爲彭蠡矣安能自別爲中江以入于海乎知其以味別也漢爲北江岷山之江爲中江則豫章之江爲南江不言而可知矣禹以味別信乎曰濟水既入于河而

溢爲滎禹不以味別則安知滎之爲濟也堯水之未治也東南皆海豈復有吳越哉及彭蠡旣豬三江入海則吳越始有可宅之土水之所鍾獨震澤而已故曰三江旣入震澤底定孔安國以爲自彭蠡江分爲三入震澤爲北入于海疎矣蓋安國未嘗南遊按經文以意度之不知三江距震澤遠甚決無入理而震澤之大小決不足以受三江也班固曰南江從會稽陽羨東入海北江從會稽毗陵縣北東入海會稽并陽羨

爾雅云東南之美者有會稽之箭竹焉是楊州之竹尤美故别

有此三江然皆是東南枝流小水自相派别而入海者非禹貢所謂中江北江自彭蠡出者也徒見禹貢有南北中三江之名而不悟一江三泠合流而異味也故雜取枝流小水以應三江之數如使此三者爲三江則是與今京口入海之江爲四矣京口之江視此三者猶畎澮禹獨遺大而數小何耶

篠簜既敷

篠竹箭也簜大竹闊節曰簜

出之也南地溫
煖故草皆少長
而木皆上竦河
朔地寒雖抱拱
之木不能高也
禹脩曰塗音怕
平聲地泉溼也
東方朔傳伊優
牙老柏塗解云
塗者泇漸洳也
可知其音矣

厥草惟夭。厥木惟喬。

少長曰夭。喬高也。

厥土惟塗泥。厥田惟下下。厥賦下上上錯。

田第九。賦第七。雜出第六。

厥貢惟金三品。

金銀銅。

瑤琨篠簜。

瑤琨石似玉者。

齒革羽毛惟木。

齒象齒革犀革之類毛旄牛尾之類木楩楠豫
章之類貢此數物
島夷卉服厥篚織貝
南海島夷績草木爲服如今吉貝木綿之類其
紋斕斑如貝故曰織貝詩曰萋兮斐兮成是貝
錦
厥包橘柚錫貢
小曰橘大曰柚包裹而致也禹貢言錫者三大
龜不可常得磬錯不常用而橘柚常貢則勞民

害物如漢永平唐天寶荔枝之害矣故皆錫命

乃貢

沿于江海達于淮泗

達泗則達河矣

荆及衡陽惟荆州

舊有三條之說北條荆山在馮翊懷德縣南南

條荆山在南郡臨沮縣東北自南條荆山至衡

山之陽爲荆州自北條荆山至于河爲豫州

江漢朝宗于海

用修曰潛一作灊江源有都江首出江南至犍爲武陽又入江豈沱之類與

二水經此州入海百川以海爲宗宗尊也

九江孔殷

九江在今廬江潯陽縣南潯陽記有九江名一曰烏白江二曰蚌江三曰烏江四曰嘉靡江五曰畎江六曰源江七曰廩江八曰提江九曰菌江殷當也得水所當行也

沱潛既道

爾雅水自江出爲沱自漢出爲潛南郡枝江縣有沱水尾入江華容縣有夏水首出江尾入沔

孔曰江北為雲江南為夢雲之地止于土見而夢之地已可

此荊州之沱潛也蜀郡郫縣有沱江及漢中安陽皆有沱水潛水尾入江漢此梁州之沱潛也孔安國云沱潛發源梁州入荊州孔穎達云雖于梁州合流還于荊州分出猶如濟水入河還從河出也以安國穎達之言考之則味別之說古人蓋知之久矣梁州荊州相去數千里非以味別安知其合而復出耶

雲土夢作乂

春秋傳曰楚子與鄭伯田于江南之夢又曰王

耕治豈江南高
于江北欲楊州
葢訊蔡傳之悞
有加甚明

寢于雲中則雲與夢二土名也而云雲土夢者
古語如此猶曰玄纖縞云爾
厥土惟塗泥厥田惟下中厥賦上下
田第八賦第三
厥貢羽毛齒革惟金三品杶榦栝柏
杶柘也以爲弓榦柏葉松身曰栝
礪砥砮丹惟箘簵楛
箘簵美竹楛中矢榦貢此十物
三邦底貢厥名

三邦大國次國小國也杶榦栝柏礪砥砮丹與箘簵楛皆物之重者荆州去冀最遠而江無達河之道難以必致重物故使此州之國不以大小但致貢其名數而準其物易以輕賫致之京師重勞人也

包匭菁茅

匭匣菁茅以供祭縮酒者

厥篚玄纁璣組

纁絳也三入爲纁璣珠類組綬類

九江納錫大龜

尺二寸曰大龜寶龜也不可常得故錫命乃納之

浮于江沱潛漢逾于洛至于南河

江無達河之道捨舟陸行以達于河故逾于洛自洛則達河矣河行冀州之南故曰南河

荊河惟豫州

自北條荊山至河甚近當是跨荊而南猶濟河惟兗州也

伊洛瀍澗既入于河

伊水出弘農盧氏縣東熊耳山東北入洛洛水出弘農上洛縣冢領山東北至鞏縣入河瀍水出河南穀城縣潛亭北東南入洛澗水入弘農新安縣東南入洛三水入洛洛入河

滎波既豬

沇水入河溢爲滎澤堯時滎澤常波而今始豬也今滎陽在河南春秋衛狄戰于滎澤當在河北孔穎達謂此澤跨河而南北也

用修曰闞駰十三州記曰不言入而言被者明不常入也水盛方乃覆被矣史記夏禹紀作道荷澤被明都索隱明都音孟豬澤在梁國睢陽縣周禮又作望諸

導菏澤被孟豬

沇水東出于陶丘北又東爲菏澤在濟陰定陶縣東孟豬在梁國睢陽縣東北水流溢覆被之

厥土惟壤下土墳壚

壚疏也或曰黑也

厥田惟中上厥賦錯上中

田第四賦第二雜出第一

厥貢漆枲絺紵

貢此四物

厥篚纖纊

細綿也

錫貢磬錯

治磬錯也以玉爲磬故以此石治之

浮于洛達于河

華陽黑水惟梁州

自華山之南至黑水皆梁州

岷嶓旣藝沱潛旣道

岷山嶓冢皆山名也沱水出于江潛水出于漢

二水發源此州而復出于荆州故于荆州亦云

蔡蒙旅平

蔡蒙二山蒙山在蜀郡青衣縣今曰蒙頂祭山曰旅水患平始祭也

和夷底績

和夷西南夷名

厥土青黎

黎黑也

厥田惟下上厥賦下中三錯

田第七賦第八雜出第七第九

厥貢璆鐵銀鏤砮磬
璆美玉也鏤剛鐵也可以鏤者
熊羆狐貍織皮
以罽者曰織以裘者曰皮
西傾因桓是來浮于潛逾于沔
西傾山名在隴西臨洮縣西南桓水出焉桓入
潛潛入河漢始出爲漾東南流爲沔至漢中東
行爲漢
入于渭亂于河

沔在梁州山南而渭在雍州山北沔無入渭之道然按前漢書武帝時人有上書欲通褒斜道及漕事下張湯問之云褒水通沔斜水通渭皆可以漕從南陽下沔入褒褒絶水至斜間百餘里以車轉從斜下渭如此漢中穀可致此則自沔入渭之道也然褒斜之間絶水百餘里故曰逾于沔蓋禹時遡謂褒爲沔也

黑水西河惟雍州

西跨黑水東至河河在冀州西

弱水既西

衆水皆東此水獨西

涇屬渭汭

涇水入渭屬連也汭水涯也

漆沮既從

從如少之從長渭大而漆沮小故言從

灃水攸同

灃渭相若故言同

荆岐既旅

荆北條荆山也

終南惇物至于鳥鼠

三山名武功縣東有太一山即終南山有垂山

即惇物

原隰底績至于豬野

詩云度其隰原即此原隰也豳地武威縣東有

休屠澤即豬野

三危旣宅三苗丕敘

春秋傳曰先王居檮杌于四裔允姓之姦居于

子九曰按蔡氏
云雍之東北境
則自積石至于
西河西南境則
會于渭汭夫積
石在雍之西境

瓜州杜預云允姓之祖與三苗俱放于三危瓜
州今敦煌也
厥土惟黄壤厥田惟上上厥賦中下
田第一賦第六
厥貢惟球琳琅玕
球琳玉琅玕石而似珠貢此二物
浮于積石至于龍門西河會于渭汭
積石山在金城河關縣西南河所經也龍門山
在馮翊夏陽縣北禹鑿以通河也渭水至長安

南此云東北悞矣雍東距河若果東北境應徑自入河矣何煩從積石耶

又曰按蔡氏云三國皆貢皮衣故以織衣冠之皆西方戎落故以西戎摠之雍州水患既平而餘功及于西戎故附于末蘇氏之說恐未是

東北入河河始大自渭汭而下巨舟重載皆可以達冀州矣

織皮崑崙析枝渠搜西戎即叙

禹貢之所篚皆在貢後立文而青徐揚三州皆萊夷淮夷島夷所篚此云織皮崑崙析枝渠搜西戎即叙大意與上三州無異葢言因西戎即叙而後崑崙析枝渠搜三國皆篚織皮但古語有顛倒詳畧爾其文當在厥貢惟球琳琅玕之下其浮于積石至于龍門西河會于渭汭三句

又曰此導大河北境之山與導河導沇二節相應以沇出王屋而餘皆河所經也

當在西戎即敘之下以記入河水道結雍州之末簡編脫誤不可不正也

導岍及岐至于荊山

岍山在扶風即南岳也荊山北條荊山也孔子敘禹貢曰禹別九州隨山濬川蓋言此書一篇而三致意也既畢九州之事矣則所謂隨山與濬川者復申言之隨山者隨其地脉而究其終始也何謂地脉曰地之有山猶人之有脉也有近而不相連者有遠而相屬者雖江河不能絕

也自秦蒙恬始言地脈而班固馬融王肅治尚書皆有三條之說鄭玄則以爲四列古之達者已知此矣北條山道起岍岐而逾于河以至太岳東盡碣石以入于海是河不能絕也南條之山自嶓冢岷山至于衡山過九江至于敷淺原是江不能絕也皆禹之言卓然見于經者非地脈而何自此以下至敷淺原皆隨山之事也

逾于河壺口雷首至于太岳

三山之名也雷首在河東蒲坂南太岳者霍太

又曰此導大河南境之山為下導洛導誰導渭経始也工導河

山也

底柱析城至于王屋

底柱在陝東北析城在河東濩澤西南王屋在河東垣縣東北

太行恒山至于碣石入于海

太行山在河内山陽縣西北恒山在上曲陽縣西北

西傾朱圉鳥鼠

西傾山在隴西臨洮縣西南朱圉山在天水冀

之北境故自雍而盡于冀之東北此導河之南境故自雍而盡于豫之東南

又曰此導江漢北境之山也

縣南鳥鼠同穴山在隴西首陽縣西南

至于太華

太華在京兆華陰南

熊耳外方桐柏至于陪尾

熊耳山在弘農盧氏縣東外方嵩高山也在潁川桐柏在南陽平氏縣東南陪尾山在江夏安陸縣東北

導嶓冢至于荊山

東條荊山

又曰此導江漢南境之山也用修曰敷淺原孔安國以為博陽山非也通典云蒲塘驛漢歷陵縣有敷淺原驛西數十里有望夫山蓋望敷淺原耳猶望江

內方至于大别

內方山在江夏竟陵縣東北春秋傳曰吳楚夾漢而陳自小别至于大别二别山皆在漢上

岷山之陽至于衡山

岷山在蜀郡湔氐西衡山在長沙湘南縣東南

過九江至于敷淺原

豫章歷陵縣南有博陽山即敷淺原

導弱水至于合黎餘波入于流沙

合黎山在張掖郡删丹縣弱水自此西至酒泉

望都之例也地志以婦望征夫說之蓋妄矣今崇陽縣西二百二十里有雲谿山峻峭清流界道如帶即所謂敷淺原也

子九曰按黑水出雍之西而南入于南海為雍梁二州之西界自積石西傾岷山岡脊以東之水東入河漢而

合黎張掖郡有居延澤在縣東即流沙也自此以下皆濬川之事也所導者九弱水不能載物入居延澤中不復見此水之絕異者也黑水漢水與四瀆皆特入海渭洛皆入河達冀之道故特記此九者餘不錄也

導黑水至于三危入于南海

黑水得越河入南海者河自積石以西皆多伏流故黑水得越而南也

導河積石至于龍門

岡脊山西之水皆入黑水故其源亦非一也

又曰一播一同此大禹治河之要領

施功發于積石

南至于華陰東至于底柱又東至于孟津

孟津在河內河陽縣南都道所湊古今以爲津

東過洛汭至于大伾

洛汭洛入河處在河南鞏縣東大伾山在黎陽

或曰成臯

北過降水至于大陸

河至大伾而北降水在信都

又北播爲九河同爲逆河入于海

播分也逆迎也既分爲九又合爲一以一迎八
而入于海即渤海也

嶓冢導漾東流爲漢

嶓冢山在梁州南

又東爲滄浪之水

出荆州東南流爲滄浪之水即漁父所歌者也

過三澨至于大別

三澨水在江夏竟陵

南入于江

觸大别山而南

東匯澤爲彭蠡

匯迴也

東爲北江入于海岷山導江東别爲沱

江東南流沱東行

又東至于澧

澧水在荆州楚詞云遺予佩兮澧浦

過九江至于東陵東迤北會于匯

迤迤邐也匯彭蠡也

又曰今之談沛水者皆云發源為沇一見也自沇而下又伏矣東流為沛一見也入河潛行又伏矣溢為滎一見也自滎而下又伏矣東出陶丘又一見也自此不復伏又東

東爲中江入于海。

今金山以北取中泠水味旣殊絕稱之輕重亦異蓋蜀江所爲也。

導沇水東流爲濟入于河溢爲滎。

濟水出河東垣縣王屋山東南至河內武德縣入河竝流而南截河又並流溢出乃爲滎澤也

東出于陶丘北。

陶丘在濟陰定陶西南。

又東至于菏又東北會于汶。

至于荷又東北會于汶此不但不得禹貢之意併蔡傳之意而失之者也夫既曰浮于汶達于濟又曰浮于濟漯達于河則自汶而泲自泲而河皆相通也明矣斷續若此何以通舟哉傳之所謂既見而伏者就王屋崖下而言也由此歷虢公臺而西南

汶入濟也。

又北東入于海。導淮自桐栢。

淮水出胎簪山東北過桐栢胎簪蓋桐柏之傍小山也。

東會于泗沂東入于海。

泗水出濟陰乘氏縣至臨淮睢陵縣入淮沂水先入泗泗入淮也。

導渭自鳥鼠同穴東會于灃。

灃入渭也灃水出扶風鄠縣東南北過上林苑

入于河溢而為滎河滿而泲溢也東出于陶丘北者即滎之泲東至泲之西而流出于陶丘之北也傳未嘗言伏也

入渭

又東會于涇

涇入渭也涇水出安定涇陽縣西東南至馮翊陽陵縣入渭

又東過漆沮入于河

沮水出北地直路縣東入洛鄭渠在太上皇陵東南灌水入焉俗謂之漆水又謂之漆沮其水東入洛此言東會于灃又東會于涇又東過漆沮者渭水自西而東之次也雍州所云涇屬渭

又曰詳經文之例凡言導某水自某山者皆水出其山之名也惟河不出積石故不言自蔡氏拘于先言山而後言水先言水而後言山之説則孔疏有一言斷之曰導先山後水惟渭洛先水後山皆是也

汭漆沮既從灃水攸同者散言境內諸水非西東之次也詩云自土沮漆乃豳地非此漆沮

導洛自熊耳東北會于澗瀍又東會于伊又東北入于河九州攸同

書同文車同軌

四隩既宅

隩深也四方深遠者皆可居

九山刊旅九川滌源九澤既陂四海會同六府孔脩

文詳畧無彖例也

水火金木土穀

庶土交正底愼財賦咸則三壤成賦中邦

交通也正平準也庶土不通有無則輕重偏矣故交通而平準之九州各則壤之高下以制國用爲賦入之多少中邦諸夏也貢篚有及于四夷者而賦止于諸夏也

賜土姓

春秋傳曰天子建國因生以賜姓胙之土而命之氏

又曰祗台二句或謂禹自言或作史臣之詞曰台曰朕夏史稍禹爲夯猶孔子春秋稍魯爲夯也一部禹貢皆史臣紀事之詞無緣二句特紀禹言還是史臣語氣

祗台德先不距朕行

台我也我以德先之則民敬而不違矣

五百里甸服

王畿千里面五百里也甸田也爲天子治田

百里賦納總

總藁穟并也最近故納總

二百里納銍

銍刈也刈其穟不納藁

三百里納秸服

桔藁也以藁爲藉薦之類可服用者

四百里粟五百里米

稍遠故所納者愈輕

五百里矦服

此五百里始有諸矦故曰矦服

百里采

卿大夫之采也

二百里男邦

與百里采通爲二百里也男邦小國也

三百里諸侯。

自三百里以往。皆諸侯也。諸侯。大國次國也。小

國在内依天子而國。大國在外以禦侮也。

五百里綏服。

綏安也。

三百里揆文教。二百里奮武衛。五百里要服。

總其大要。法不詳也。

三百里夷。

雜夷俗也。

用修曰材生乎天不係乎地禹貢紀山川而不紀風俗風俗由乎上之教也紀物產而不犯人

二百里蔡

放有罪曰蔡春秋傳曰殺管叔而蔡蔡叔

五百里荒服

其法荒畧

三百里蠻二百里流

罪大者流于此

東漸于海西被于流沙朔南暨聲教訖于四海禹錫玄圭告厥成功

以五德王天下所從來尚矣黃帝以土故曰黃

才人才由乎下之化也

炎帝以火故曰炎禹以治水得天下故從水而尚黑殷人始以兵王故從金而尚白周人有流火之祥故從火而尚赤湯用玄牡蓋初克夏因其舊也詩云有客有客亦白其馬是殷尚白也帝錫禹以玄圭爲水德之瑞是夏尚黑也此五德所尚之色見于經者也

蘇書傳

了凡曰啟與有扈戰甘之野據書序與史記說苑皆稱禹與有扈氏三戰不服修德一年有扈請服莊子亦稱禹攻有扈國為虛厲逸周書亦稱有夏方與扈氏稱不恭墨子

東坡書傳卷第六

夏書

甘誓第二

啓與有扈戰于甘之野作甘誓

史記有扈禹之後其國扶風雩縣是也國語曰夏有觀扈周有管蔡以比管蔡兄弟之國也甘扈之南郊也

大戰于甘乃召六卿

天子六師其將皆命卿

稱甘誓之文則稱禹誓然則戰于甘者禹也非啟也

王曰嗟六事之人予誓告汝有扈氏威侮五行怠棄三正

王者各以五行之德王易服色及正朔孔子曰行夏之時自舜以前必有以建子建丑爲正者有扈氏不用夏之服色正朔是叛也故曰威侮五行怠棄三正

天用勦絕其命今予惟恭行天之罰左不攻于左汝不恭命右不攻于右汝不恭命

左車左也主射右車右執戈矛攻治也

御非其馬之正汝不恭命

春秋傳曰楚許伯御樂伯攝叔爲右以致晉師樂伯曰吾聞致師者左射以菆攝叔曰吾聞致師者右入壘折馘執俘而還是古者三人同一車而御在中也車六馬兩服兩驂兩騑各任其事御之正也王良曰吾爲之範我馳驅終日而不獲一爲之詭遇一朝而獲十此所謂御非其馬之正也

用命賞于祖不用命戮于社

孔子曰當七廟五廟無虛主師行載遷之主以行無遷廟則以幣曰主命故師行有祖廟也武王伐紂師渡孟津有宗廟有將舟將舟社主在焉故師行有社也戮人必于社故哀公問社宰我對以戰栗

予則孥戮汝

戮及其子曰孥堯舜之世罰弗及嗣武王數紂之罪曰罪人以族孥戮非聖人之事也言孥戮者惟啓與湯知德衰矣然亦言之而已未聞眞

孥戮人也。

夏書

五子之歌第三

太康失邦。

太康啓子也。

昆弟五人。

皆啓子。

須于洛汭作五子之歌。

須待也。

太康尸位
尸主也
以逸豫滅厥德黎民咸貳
貳攜貳也
乃盤遊無度
盤樂也
畋于有洛之表
洛表水南也夏都河北而畋于洛南言其去國
之遠也

十旬弗反有窮后羿因民弗忍距于河

有窮國名羿其君也春秋傳曰后羿自鉏遷于窮石忍堪也

厥弟五人御其母以從徯于洛之汭

母徯焉而不歸以著太康之不孝也

五子咸怨述大禹之戒以作歌其一曰皇祖有訓

民可近不可下民惟邦本本固邦寧予視天下愚夫愚婦一能勝予一人三失

皇祖禹也民可近者言民可親近而不可疎也

不可下者言民可敬而不可賤若自賢而愚人
以愚視天下則一夫可以勝我矣一人三失者
失民則失天失天則失國也
怨豈在明不見是圖
怨不在大當及其未明而圖之
予臨兆民
十萬曰億十億曰兆
凜乎若朽索之馭六馬爲人上者奈何不敬
馭民若朽索之馭馬不已過乎曰天下皆有所

恃民恃有司以安其身有司恃天子之法以安其位惟天子無所恃恃民心而已民心攜則天子爲獨夫謂之朽索不亦宜乎

其二曰訓有之内作色荒外作禽荒甘酒嗜音峻宇雕牆有一于此未或不亡其三曰惟彼陶唐有此冀方

陶唐堯也堯都平陽舜都蒲坂禹都安邑皆在冀州

今失厥道亂其紀綱乃底滅亡

大曰綱小曰紀舜禹皆守堯之綱紀
其四曰明明我祖萬邦之君有典有則貽厥子孫
關石和鈞王府則有荒墜厥緒覆宗絕祀
關通也和平也緒餘也古者有五權百二十斤
曰石三十斤曰鈞舉其二則餘可知矣太史公
曰禹以聲爲律以身爲度左準繩右規矩知度
量權衡凡法度之器至禹明具故曰我祖有典
法以遺子孫凡法度之器具在王府而吾不能
守以亡也

乃九曰五子不欲羿而曰萬姓仇予不欲萬姓而曰弗慎厥德不欲太康而惟自怨艾所謂怨而不怒也太康失國由于不敬慎耳始曰柰何不敬終曰不慎厥德以是終始爲

其五曰嗚呼曷歸予懷之悲萬姓仇予予將疇依鬱陶乎予心顏厚有忸怩弗慎厥德雖悔可追

鬱陶憤懣也顏厚色愧也有讀曰又忸怩心慙也。

姚叔菴曰曷歸而懷之悲情可憐矣仇予而將疇依尤可哀矣鬱陶乎予心其憂思也何如

夏書

胤征第四

羲和湎淫廢時亂日胤往征之作胤征

羲和掌天地四時之官堯時爲四人今此有國邑而以沈湎得罪則一人而已不知其何自爲

一也按史記及春秋傳晉魏絳吳伍員言帝太
康帝仲康帝相帝少康四世事甚詳蓋羿既逐
太康太康崩其弟仲康立而羿爲政仲康崩其
子相立相爲羿所逐羿爲家衆所殺寒浞代之
浞因羿室生澆及豷使澆伐滅二斟且殺相相
之后曰緡方娠而逃于有仍以生少康少康復
逃于有虞虞思邑之于綸少康布德以收夏衆
夏之遺臣靡收二斟之餘民以滅浞而立少康
少康滅澆與豷然後祀夏配天不失舊物以此

考之則太康失國之後至少康祀夏之前皆羿浞專政僭位之年如曹操之于漢司馬仲達之于魏也胤征之事蓋出于羿非仲康之所能專明矣羲和湎淫之臣也而貳于羿蓋忠于夏也如王淩諸葛誕之叛晉尉遲迥之叛隋故羿假仲康之命以命胤侯而往征之何以知其然也曰胤侯數羲和之罪至于殺無赦然其實狀止于酣酒不知日食而已此一法吏所辦耳何至于六師取之乎夫酒荒廢職之人豈復有渠魁

脅從之事是强國得衆者也孔子敘書其篇曰羲和湎淫廢時亂日者言其罪止于此也曰胤往征之者見征伐號令之出于胤非仲康之命也此春秋之法曰然則孔子何取于此篇而不删去乎曰書固有非聖人之所取而猶存者也孟子曰盡信書不如無書吾于武成取二三策而已紂之衆既已倒戈然猶縱兵以殺至于血流漂杵聖人何取焉予于書見聖人所不取而猶存者二胤征之挾天子令諸侯與康王之誥

釋斬衰而服衮冕也春秋晉侯召王而謂之巡狩孔子書之于策曰天王狩于河陽若無簡牘之記則後世以天王爲眞狩也胤征之事孔氏必有師傳之說也久遠而亡之耳

惟仲康肇位四海胤侯命掌六師

胤國名

羲和廢厥職酒荒于厥邑胤后承王命徂征告于衆曰嗟予有衆聖有謨訓明徵定保先王克謹天戒臣人克有常憲百官脩輔厥后惟明明

徵猶書所謂庶徵也保猶詩所謂天保也羲和
之罪止于日食不知故首引天事以誓之

每歲孟春遒人以木鐸徇于路

孟春觀治象之法徇以木鐸此周禮小宰之事
而在夏則遒人之職也遒之言聚也木鐸金口
木舌也昔者有文事則徇以木鐸有武事則徇
以金鐸

官師相規工執藝事以諫

工各執其事諫如虞人之箴也

其或不恭邦有常刑惟時羲和顛覆厥德沈亂于

酒畔官離次

官局所在曰次

俶擾天紀

俶始也擾亂也

遐棄厥司乃季秋月朔辰弗集于房瞽奏鼓嗇夫

馳庶人走

日月合朔于十二辰今季秋之朔而不合于房

日食也古有伐鼓用幣救日之事春秋傳曰惟

正陽之月則然餘否今季秋而行此禮蓋夏禮
與周異漢有上林嗇夫嗇夫小臣庶人庶人之
在官者
義和尸厥官罔聞知昏迷于天象以干先王之誅
政典曰先時者殺無赦不及時者殺無赦
先後時罪之薄者必殺無赦非虛政乎惟軍中
法則或用之穰苴斬莊賈是也傳曰國容不入
軍軍容不入國此政典夏之司馬法止用于軍
中令無以加義和之罪乃取軍法一切之政而

爲有司沈湎失職之罰蓋文致其罪非實事也

今予以爾有衆奉將天罰爾衆士同力王室尚弼予欽承天子威命

曹操司馬仲達楊堅之流討貳已者未嘗不以王室爲辭也

火炎崑岡玉石俱焚天吏逸德烈于猛火殲厥渠魁脅從罔治舊染汙俗咸與維新

玉石俱焚言不擇善惡也天吏之勢猛于火故脅從染汙皆非其罪言此者以壞其黨與也

又曰按李靖兵法云凡將先有恩愛及于民然後可以嚴刑若愛未加而用峻法鮮克濟焉太宗舉威克厥愛問之靖曰愛設于先威行于後孫子之法萬代不易蓋李靖在兵中久知軍情故以尚書之言不敢遵予謂書言不錯解書者悮也克能也軍中誅罰約束威

嗚呼威克厥愛允濟愛克厥威允罔功其爾衆士懋戒哉

先生之用威愛稱事當理而已不惟不使威勝愛若曰與其殺不辜寧失不經又曰不幸而過寧僭無濫是堯舜已來常務使愛勝威也今乃謂威勝愛則事濟愛勝威則無功是爲堯舜不如申商也而可乎此胤后之黨臨敵誓師一切之言當與申商之言同棄不齒而近世儒者欲行猛政輒以此藉口予不可以不辨

也於誅罰之中而能行慈惠是威能其愛也撫猶加惠愛也於愛之中而能為慘刻是愛能其威也如此看方與上文逆德猛火罔治維新之旨相合

自契至于成湯八遷湯始居亳從先王居作帝告釐沃

自契至湯十四世凡八徙都契之世父帝嚳都亳湯自商丘遷焉故曰從先王居五篇皆商書也經亡而序存文無所託故附夏書之末

湯征諸侯葛伯不祀湯始征之作湯征

葛梁國寧陵葛鄉也征葛事見孟子

伊尹去亳適夏既醜有夏復歸于亳

古稱伊尹五就湯五就桀夫湯與桀敵國也伊

尹往來其間皆聞其政。而兩國不疑。則伊尹聖人也。其道大矣。其信于天下深矣。是以廢太甲。復立之。而太甲安焉。非聖人而何。
入自北門。乃遇汝鳩汝方。作汝鳩汝方。
二臣名。

用修曰蘇子由云商人之書簡潔而明肅其詩奮發而嚴厲非深于文者不能爲此言

東坡書傳卷第七

商書

湯誓第一

伊尹相湯伐桀

古之君臣有如二君而不相疑者湯之于伊尹劉玄德之于諸葛孔明是也湯言聿求元聖與之戮力而伊尹曰惟尹躬暨湯咸有一德其君臣相期如此故孔子曰伊尹相湯伐桀太甲不明而廢之思庸而復之君臣相安此聖人之事

也玄德孔明雖非聖人然其君臣相友之契亦庶幾于此矣玄德之將死也囑孔明曰禪可輔輔之不可君自取之非伊尹之流而可以屬此乎孔明專蜀事二君雍容進退初不自疑人亦莫之疑者使常人處之不爲竇武何進則爲曹操司馬仲達矣世多疑伊尹之事至謂太甲爲殺伊尹者皆以常情度聖賢也

升自陑遂與桀戰於鳴條之野作湯誓

孔安國以謂桀都安邑陑在河曲之南安邑之

西湯自亳往當由東行故以升自陑爲出不意又言武王觀兵孟津以卜諸侯之心而退以示弱其言湯武皆陋甚古今地名道路有改易不可知者安知陑鳴條之必在安邑西耶升陑以戰記事之實猶秦誓師渡孟津而已或曰升高而戰非地利以人和而已夫恃人和而行師于不利之地亦非人情故皆不取

王曰格爾衆庶悉聽朕言非台小子敢行稱亂有夏多罪天命殛之今爾有衆汝曰我后不恤我衆

舍我穡事而割正夏予惟聞汝衆言夏氏有罪予
畏上帝不敢不正今汝其曰夏罪其如台夏王率
遏衆力率割夏邑有衆率怠弗協曰時日曷喪予
及汝皆亡夏德若茲今朕必往
桀之惡不能及商民商民安于無事而畏伐桀
之勞故曰我后不恤我衆舍我穡事而割正夏
夏氏之罪其能若我何故湯告之曰夏王遏絕
衆力以割夏邑其民皆曰何時何日當喪吾欲
與之皆亡其亟若此不可以不救

爾尚輔予一人致天之罰予其大賚汝爾無不信
朕不食言爾不從誓言予則孥戮汝罔有攸赦
湯旣勝夏欲遷其社不可作夏社疑至臣扈
春秋傳曰共工氏有子曰句龍爲后土后土爲
社烈山氏之子曰柱爲稷自夏以上祀之周棄
亦爲稷自商以來祀之是湯以棄易柱而無以
易句龍者故曰欲遷其社不可
夏師敗績湯遂從之遂伐三朡
俘厥寶玉誼伯仲伯作典寶

了九曰成湯放桀于南巢便是春秋書法之祖曰成者何著武功之成也湯不称王臣也曰放以罪人待之也桀

三朡今定陶四篇亡

仲虺之誥第二

湯歸自夏至于大坰

大坰地名史記作泰卷陶

仲虺作誥

春秋傳曰薛之皇祖奚仲居薛以爲夏車正仲虺居薛以爲湯左相

成湯放桀于南巢

廬江六縣東有居巢城書有巢伯來朝春秋楚

不爵而書名猶夫也曰于南巢記其放之實也不言出奔諱之也討罪之权在湯故云成湯放桀南巢之地非桀之地亦湯之地也故云成湯殺桀于南巢功不慚而德慚故曰惟有慚德湯不特慚堯舜禹之君而亦有慚于天故仲虺道天以解之不特

人圍巢桀奔于此湯不殺也

惟有慙德曰予恐來世以台爲口實

後世放殺其君者必以湯武藉口其爲病也大矣

仲虺乃作誥曰嗚呼惟天生民有欲無主乃亂惟天生聰明時乂有夏昏德民墜塗炭天乃錫王勇智

凡聖人之德仁義孝弟忠信禮樂之類皆可以學至惟勇也智也必天予而後能非天予而欲

有斷于天而之
有斷于民故神
他道民以解之

以學求之則智勇皆凶德也漢高祖識三傑于衆人之中知周勃陳平于一世之後此天所予智也光武平生畏怯見大敵勇此天所與勇也豈可學哉若漢武帝唐德宗之流則古之學勇智者也足以敝其國殘其民而已矣故天不與是德則君子不敢言智勇短于智勇而厚于仁不害其爲令德之主也周公亦曰今天其命哲命吉凶命歷年哲者知人之謂也知人與不知人乃與吉凶歷年同出于天命蓋教成王不强

又曰湯處萬世君臣之變而他以爲茲率厥典蓋以下奉上固綱常之正而以臣伐君無所以全此典常也釋湯之慙全在此處

其所無也

表正萬邦纘禹舊服茲率厥典奉若天命

纘繼也服五服也

夏王有罪矯誣上天以布命于下帝用不臧式商受命用爽厥師簡賢附勢實繁有徒肇我邦于有夏若苗之有莠若粟之有秕小大戰戰罔不懼于非辜矧予之德言足聽聞

矯詐也臧善也式用也爽明也肇啓也簡慢也帝既不善桀故用湯爲受命之君彰明其衆于天

下而桀之黨惡之流欲并我以啓其國若欲去
莠秕然故小大戰戰無罪而懼況我以德見忌
乎蓋言我不放桀則桀必滅我也

惟王不邇聲色不殖貨利德懋懋官功懋懋賞用
人惟己

如自己出

改過不吝克寬克仁彰信兆民乃葛伯仇餉初征
自葛東征西夷怨南征北狄怨曰奚獨後予攸徂
之民室家相慶曰徯予后后來其蘇民之戴商厥

惟舊哉

用兵如施鍼石則病者惟恐其來之後也

佑賢輔德顯忠遂良兼弱攻昧取亂侮亡推亡固存邦乃其昌

善者自遂惡者自亡湯豈有心哉應物而已

德日新萬邦惟懷志自滿九族乃離王懋昭大德建中于民以義制事以禮制心

未嘗作事也事以義起未嘗有心也心以禮作

垂裕後昆

裕餘也。

予聞曰能自得師者王謂人莫已若者亡好問則
裕。

裕廣也。

自用則小嗚呼愼厥終惟其始殖有禮覆昏暴欽
崇天道永保天命。

湯之懋德仁人君子莫大之病也仲虺恐其憂
媿不已以害維新之政故思有以廣其意者首
言桀得罪于天天命不可辭次言桀之必害已

終言湯之動德足以受天下者乃因極陳爲君艱難安危禍福可畏之道以明今者受夏非以利巳乃爲無窮之恤以慰湯而解其慙仲虺之忠愛可謂至矣然而湯之所慙來世口實之病仲虺終不敢謂無也夫君臣之分放弒之名雖其臣子有不能文況萬世之後乎

湯誥第三

湯旣黜夏命復歸于亳作湯誥

亳在梁國穀熟縣

王歸自克夏至于亳誕告萬方
誕大也
王曰嗟爾萬方有衆明聽予一人誥惟皇上帝降衷于下民若有恒性克綏厥猷惟后
衷誠也若順也仁義之性人所咸有故曰天降也順其有常之性其無常者喜怒哀樂之變非性也能安此道乃君也
夏王滅德作威以敷虐于爾萬方百姓爾萬方百姓罹其凶害弗忍荼毒竝告無辜于上下神祇天

道福善禍淫降災于夏以彰厥罪肆台小子將天
命明威不敢赦敢用玄牡敢昭告于上天神后請
罪有夏聿求元聖與之戮力以與爾有衆請命
請罪者爲桀謝罪請命者爲民祈福
上天孚佑下民罪人黜服天命弗僭賁若草木兆
民允殖
僭不信也言天命有信視民所與則殖之所不
與則蹶之若草木然民所殖則生不殖則死賁
飾也其理明甚炳然如丹青也

俾予一人輯寧爾邦家兹朕未知獲戾于上下慄慄危懼若將隕于深淵

此亦懋德之言也

凡我造邦無從匪彝無即慆淫

彝常也慆慢也戒諸侯之言

各守爾典以承天休爾有善朕弗敢蔽罪當朕躬弗敢自赦惟簡在上帝之心

言上帝當簡察其善惡

其爾萬方有罪在予一人予一人有罪無以爾萬

方嗚呼尚克時忱乃亦有終
庶幾能信此也

咎單作明居

一篇亡

伊訓第四

成湯既沒太甲元年伊尹作伊訓肆命徂后

史記湯之子太丁未立而卒湯崩太丁之弟外丙立二年崩外丙之弟仲壬立四年崩伊尹乃立太丁之子太甲太史公按世本湯之後二帝

七年而後至太甲其迹明甚不可不信而孔安國獨據經臆度以爲成湯沒而太甲立且以是歲改元學者因謂太史公爲妄初無二帝而太史公妄增之豈有此理哉經云湯旣沒太甲元年者非謂湯之崩在太甲元年也伊尹稱湯以訓故孔子敘書亦以湯爲首殷道親親兄死弟及若湯崩舍外丙而立太丁之子則殷道非親親矣而可乎以此知史記之不妄也安國謂湯崩之歲而太甲改元不待明年者亦因經文以

臆也經云惟元祀十有二月伊尹祠于先王奉嗣王祗見厥祖者蓋太甲立之明年正月也正月而謂之十二月何也殷之正月則夏之十二月也殷雖以建丑爲正猶以夏正數月亦猶周公作豳詩于成王之世而云七月流火九月授衣皆夏正也史記秦始皇三十一年十二月更名臘曰嘉平夫臘必建丑之月也秦以十月爲正則臘當在三月而云十二月以是知古者雖改正朔然猶以夏正數月也崩年改元亂世之

又曰大而難測
者莫如天遠而
難格者莫如山
川鬼神微而難
知者莫如鳥獸
魚鼈今皆得所
則形容極治之
象儼然在目

事不容伊尹在而有之不可以不辨

惟元祀十有二月乙丑伊尹祠于先王奉嗣王祇見厥祖侯甸羣后咸在百官總已以聽冢宰

湯崩雖久矣而仲壬之服未除故冢宰爲政也

伊尹乃明言烈祖之成德以訓于王曰嗚呼古有夏先后方懋厥德罔有天災山川鬼神亦莫不寧暨鳥獸魚鼈咸若于其子孫弗率皇天降災假手于我有命

我有天命之君湯也

造攻自鳴條朕哉自亳

造哉皆始也始攻自鳴條始建號自亳

惟我商王布昭聖武代虐以寬兆民允懷今王嗣厥德罔不在初立愛惟親立敬惟長始于家邦終于四海嗚呼先王肇脩人紀

戒其恃天命不脩人事

從諫弗咈先民時若居上克明爲下克忠

言君明則臣忠也

與人不求備檢身若不及以至于有萬邦茲惟艱

邵二泉曰風愆在卿士邦君有喪亡之禍況王乎不曰王而曰儆于有位重輔也不惟訓有位而蒙士亦訓重

哉敷求哲人俾輔于爾後嗣制官刑儆于有位曰敢有恒舞于宮酣歌于室時謂巫風

詩云無冬無夏値其鷺羽此巫風也

敢有殉于貨色恒于遊畋

從流上而忘反謂之遊

時謂淫風敢有侮聖言逆忠直遠耆德比頑童時謂亂風惟兹三風十愆卿士有一于身家必喪邦君有一于身國必亡臣下不匡其刑墨

匡正也謂諫也

掾也

具訓于蒙士

蒙童也士自童幼卽以此訓之也

嗚呼嗣王祗厥身念哉聖謨洋洋嘉言孔彰惟上帝不常作善降之百祥作不善降之百殃爾惟德罔小萬邦惟慶爾惟不德罔大墜厥宗

爾若作德雖小善足以慶萬邦若其不德不待大惡而亡

肆命徂后

二篇亡

太甲上第五

太甲旣立不明伊尹放諸桐三年復歸于亳思庸伊尹作太甲三篇

思用伊尹之言也湯放桀伊尹放太甲古未有是皆聖人不得已之變也故湯以慙德爲法受惡曰此我之所以甚病也亂臣賊子庶乎其少衰矣湯不放桀伊尹不放太甲不獨病一時而已將使後世無道之君謂天下無奈我何此其病與口實之慙均耳聖人以爲寧慙已以救天

陳子淵曰此議甚確

又曰此看顧字
諟字與常解異

下後世故不得已而爲之以爲不得已之變則可以爲道固當爾則不可使太甲不思庸伊尹卒放之而更立主則其懟有大于湯者矣

惟嗣王不惠于阿衡

惠順也阿倚也衡平也言天下之所倚平也阿衡伊尹之號猶曰師尚父云爾師其官也尚父其號也

伊尹作書曰先王顧諟天之明命

顧眷也以言許人曰諟言湯爲天命之眷許也

賤新曰此以夏先王為商先王影子夏嗣王為商嗣王影子也還須逐影索形始得

以承上下神祇社稷宗廟罔不祇肅天監厥德用集大命撫綏萬方惟君躬克左右厥辟宅師

伊尹助其君居集天下之衆也

肆嗣王丕丕承基緒惟尹躬先見于西邑夏

丕大也夏都在亳西

自周有終

自由也忠信爲周由忠信之道則有終也

相亦惟終其後嗣王罔克有終相亦罔終

言君臣一體禍福同也

嗣王戒哉祇爾厥辟

辟君也敬其爲君之道

辟不辟忝厥祖王惟庸罔念聞

忝辱也以不善爲常聞伊尹之訓若不聞然

伊尹乃言曰先王昧爽丕顯坐以待旦

方天昧明之間先王已大明其心思道以待旦

旁求俊彥啓迪後人

彥美士也以賢者遺子孫開道之

無越厥命以自覆

了九曰慎乃儉德二句正無越儉自費事永圖即謀所不覆其儉者所謂有終者也

則新曰只一欽字便了却此章矣

越墜失也

慎乃儉德惟懷永圖

以約失之者鮮矣未有泰侈而能久者也

若虞機張往省括于度則釋

虞虞人也機張所以射鳥獸者省察也括隱括也度機之準望也釋捨也詩曰舍矢如破準望有毫釐之差則所中有尋丈之失矣言人君所爲得失微而禍福大亦如此也

欽厥止

止居也孔子曰居敬而行簡

率乃祖攸行惟朕以懌萬世有辭

辭所以名言于天下後世者也

王未克變伊尹曰茲乃不義習與性成

性無不善者今王習為不義則性淪于習中皆成于惡也

予弗狎于弗順營于桐宮密邇先王其訓無俾世迷

狎近也王之不義以近羣小故也故獨使居于

桐宫密邇先王之陵墓以思哀而生善心此先王之訓也迷讀如懷寳迷邦之迷我不訓正太甲則是懷道以迷天下也

王徂桐宫居憂克終允德

太甲中第六

惟三祀十有二月朔

此亦二年正月也

伊尹以冕服奉嗣王歸于亳

始吉服也

作書曰民非后罔克胥匡以生

胥匡相正也

后非民罔以辟四方

言民去之則吾無與爲君者

皇天眷佑有商俾嗣王克終厥德實萬世無疆之

休王拜手稽首曰予小子不明于德自底不類

不類猶失常也

欲敗度縱敗禮以速戾于厥躬天作孽猶可違自

作孽不可逭

孽妖也違逭皆避也妖祥之來有可以避者此
天作也若妖由人興則無可避之理
既往背師保之訓弗克于厥初尚賴匡救之德圖
惟厥終伊尹拜手稽首曰脩厥身允德協于下惟
明后
允德信有德也下之協從從其非僞者蓋欲天
下中心悅而誠服苟非其德出于其固有之誠
心未有能至者
先王子惠困窮民服厥命罔有不悅並其有邦厥

又曰視遠惟明
聽德惟聰總來
只是一个無時
豫怠耳

鄰乃曰徯我后后來無罰

上失其道民散久矣凡麗于罰皆君使之湯來
則我自無罪矣

王懋乃德視乃烈祖無時豫怠奉先思孝接下思
恭視遠惟明聽德惟聰

視不及遠非明聽不擇善非聰

朕承王之休無斁

厭也

太甲下第七

伊尹申誥于王

申重也

曰嗚呼惟天無親克敬惟親民罔常懷懷于有仁鬼神無常享享于克誠天位艱哉德惟治否德亂與治同道罔不興與亂同事罔不亡

堯舜讓而帝之噲讓而絕湯武行仁義而王宋襄公行仁而亡與治同道罔不興與亂同事罔不亡也必同道而後興道同者事未必同也周厲王弭謗秦始皇禁偶語周景王鑄大錢王莽

了凡曰有德則必有道故云與治同道不德則無道矣然其所以致亂者必有事故云與亂同事道精而事粗道大而事小道指全體而事指一節見興之難而亡之易也

作泉貨紂積鉅橋之粟隋煬帝洛口諸倉其事同其道無不同者故與亂同事則亡矣

終始愼厥與惟明明后

愼所與之人也君子難合而易離能與君子固

難矣能終始之尤難

先王惟時懋敬厥德克配上帝

湯惟能如是勉敬厥德故能配天天無言無作而四時行百物生王亦如是老子曰王乃天天乃道

則新日不必說他縱欲視民如傷知爲君雖自是聖賢事

今王嗣有令緒尚監茲哉若升高必自下若陟遐必自邇

邇者遠之始下者高之本升高而不自下陟遐而不自邇慕道而求速達皆自欺而已

無輕民事惟難無安厥位惟危

輕之則難安之則危

愼終于始

慮終必白其始愼之

有言逆于汝心必求諸道有言遜于汝志必求諸

又曰余讀罔以寵利居成功一語而知伊尹大

非道嗚呼弗慮胡獲弗爲胡成一人元良萬邦以貞

伊尹憂太甲之深故所戒者非一有言合于道則逆汝心合于非道則順汝志如此則是患不可勝慮事不可勝爲矣故歎曰嗚呼弗慮胡獲弗爲胡成亦治其元良而已此所謂要道也元始也良其良心也人君能治其始有之良心則萬邦不令而自正前言皆蘧蒢矣

君罔以辯言亂舊政臣罔以寵利居成功邦其永

◎

權智大作用大經濟也盖兩畨紀手實出不淂已今既已桀放而甲復矣設久居朝署疑畏橫生毋乃為小人利耶況前日之勢在庿廊重今日之勢在田野重近之足生憸人間隔遠之可操國家重輕事勢自是如此尹盖籌之熟矣非便如後世大臣避賢者路已也

乎于休。

天下之亂必始于君臣攜離君以辯言亂舊政則大臣懼臣以寵利居成功則人主疑亂之始也。

咸有一德第八

伊尹作咸有一德

伊尹既復政厥辟將告歸乃陳戒于德曰嗚呼天難諶

諶信也。

經生治經九此
等處都要識得

了九曰終始惟
一即是日新此
伊尹傳心之論

命靡常常厥德保厥位厥德靡常九有以亡

九有九州也

夏王弗克庸德慢神虐民皇天弗保監于萬方啓
迪有命眷求一德俾作神主惟尹躬暨湯咸有一
德克享天心受天明命以有九有之師爰革夏正
非天私我有商惟天佑于一德非商求于下民惟
民歸于一德德惟一動罔不吉德二三動罔不凶
惟吉凶不僭在人惟天降災祥在德今嗣王新服
厥命惟新厥德終始惟一時乃日新

一者不變也，如其善而一也，不亦善乎？如其不善而一也，不幾桀乎？曰：非此之謂也。中有主之謂一，中有主則物至而應，物至而應則日新矣。中無主則物爲宰，凡喜怒哀樂皆物也，而誰使新之？故伊尹曰：終始惟一，時乃日新。予嘗有言：聖人如天，時殺時生；君子如水，因物賦形。天不違仁，水不失平。惟一故新，惟新故一，一故不流，新故無斁，此伏羲以來所傳要道也。伊尹恥其君不如堯舜，故以是訓之。如衆人之言新則不

能一而一非新也伊尹曰一所以新也是謂萬
物竝育而不相害道竝行而不相悖
任官惟賢才左右惟其人臣爲上爲德爲下爲民
士之所求者爵禄而爵禄我有也挾是心以輕
士此最人主之大患故告之曰臣之所以爲民
上者非爲爵禄也爲德也德非位不行其所以
爲我下者非爲爵禄也爲民屈也知此則知敬
其臣知敬其臣而後大位安
其難其愼惟和惟一

和如晏平仲之所謂和也

德無常師主善爲師善無常主協于克一

中無主者雖爲善皆僞也

俾萬姓咸曰大哉王言

名之必可言言之必可行是謂大

又曰一哉王心

如天地之有信可恃以安也

克綏先王之祿永底烝民之生嗚呼七世之廟可

以觀德萬夫之長可以觀政

非德無以遺後非政無以齊衆
后非民罔使民非后罔事無自廣以狹人匹夫匹
婦不獲自盡民主罔與成厥功
沃丁既葬伊尹于亳咎單遂訓伊尹事作沃丁
咎單訓伊尹事猶曹參述行蕭何之政也咎單
作明居司空之職也舜宅百揆亦司空之事也
禹作司空以此考之自堯舜至商蓋嘗以司空
爲政也歟沃丁太甲子自克夏至沃丁五十有
三年伊尹亦上壽矣

用修曰穀音搆木名皮可為紙王羲之傳穷萬穀之皮是也共音拱

伊陟相太戊

伊陟伊尹子太戊帝太庚之子

亳有祥桑穀共生于朝

桑穀合生于朝七日而拱妖也

伊陟贊于巫咸作咸乂四篇

書曰在太戊時巫咸乂王家

太戊贊于伊陟作伊陟原命仲丁遷于囂作仲丁

仲丁太戊子自亳遷囂囂在陳留浚儀縣或曰

今河南敖倉

河亶甲居相作河亶甲

河亶甲仲丁弟相在河北

祖乙圮于耿作祖乙

祖乙河亶甲子耿在河東皮氏縣耿鄉圮毁也

都邑爲水所毁凡十篇亡

蘇書傳

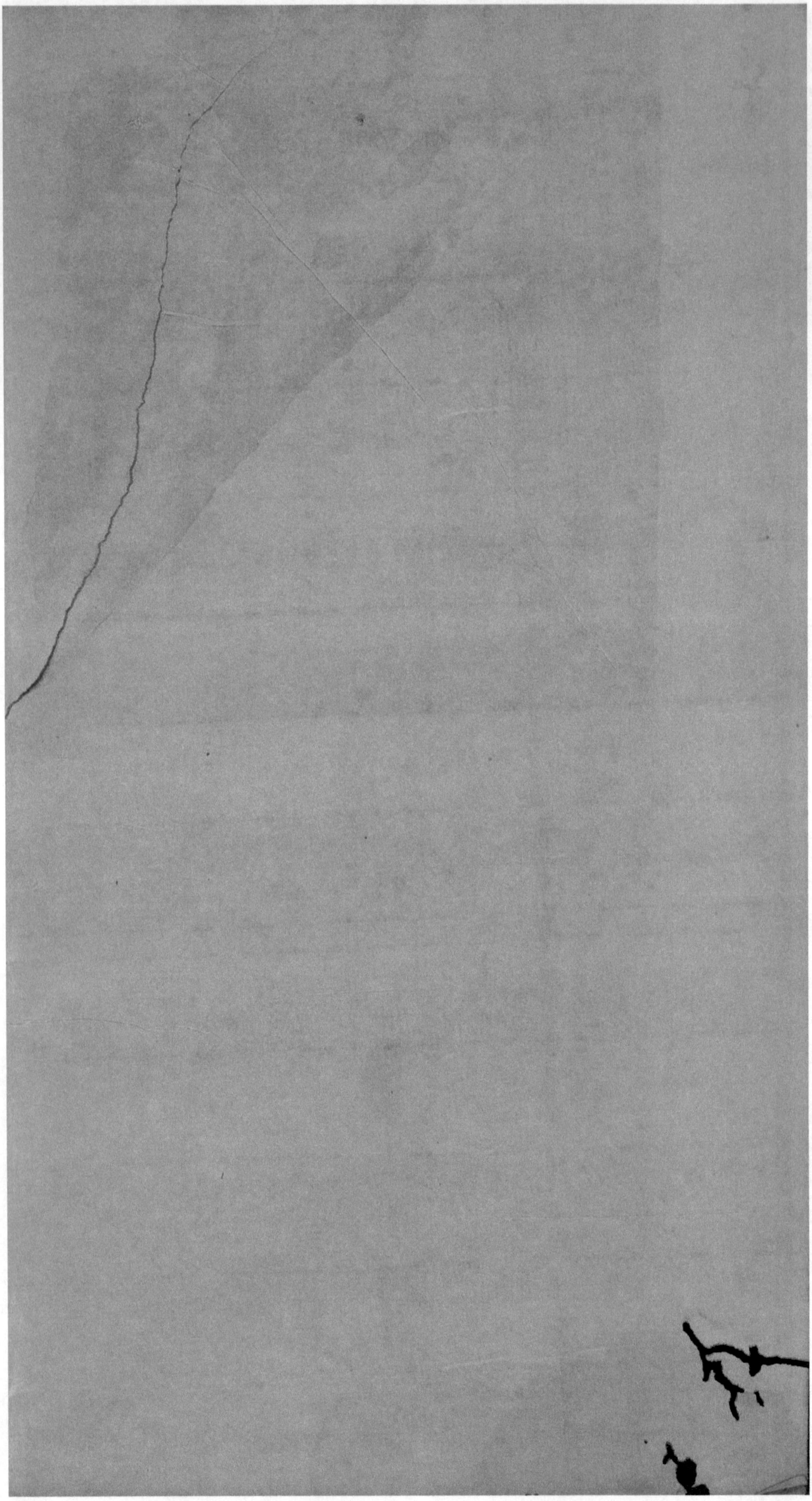

東坡書傳卷第八

商書

盤庚上第九

盤庚五遷將治亳殷民咨胥怨作盤庚三篇

咨嗟也盤庚陽甲弟湯遷于亳仲丁遷于囂河亶甲居相祖乙圮于耿而盤庚遷于殷

盤庚遷于殷民不適有居

祖乙圮于耿盤庚不得不遷而小人懷土故不肯適新居

率籲衆慼出矢言

籲呼也矢誓也盤庚知民怨故呼衆憂之人而告誓之

曰我王來旣爰宅于茲重我民無盡劉不能胥匡以生卜稽曰其如台先王有服恪謹天命茲猶不常寧不常厥邑于今五邦今不承于古罔知天之斷命矧曰其克從先王之烈

爰於也劉殺也匡救也我先王祖乙旣宅于耿耿圮欲遷而不忍曰民勞矣無盡致之死然民

終不能相救以生乃稽之卜曰是圮者無若我何我先王自湯以來奄有五服以謹天命之故猶不敢寧居遷者五邦矣今若不承古而遷則天其斷棄我命況能從先王之烈乎

若顛木之有由蘖天其永我命于兹新邑紹復先王之大業底綏四方

木之蠹病者歸勤于封殖不能使復遂茂顛仆也既仆而蘖生之然後有復盛之道不顛則無所從蘖也言天之欲復興殷必在新邑矣

夕九曰民之惑于利害而不肯遷者由于臣之胥動浮言其明于利害而不能遷者由于臣之排擊阻難故教民必由在位始

盤庚斅于民由乃在位以常舊服正法度曰無或敢伏小人之攸箴

斅教也由乃在位者教自有位而下也箴規也服事也矇誦工諫士傳言庶人謗于市此先王之舊服正法也令民敢相聚怨誹疑當立新法行權政以一切之威治之盤庚仁人也其下教于民者乃以常舊事而已言不造新令也以正法度而已言不立權政也曰無或敢伏小人之攸箴者憂百官有司逆探其意而禁民言也盤

又曰此即所謂舊服也

庚遷而殷復興用此道歟

王命衆悉至于庭王若曰

書凡言若曰者非盡當時之言大意若此而已

格汝衆予告汝訓汝猷黜乃心無傲從康

謀自抑黜其心無傲無懷安也

古我先王亦惟圖任舊人共政

此篇數言用耆舊又戒其侮老成以此推之凡不欲遷者皆衆穉且狂也盤庚言非獨我用舊先王亦用舊耳豈可違哉

王播告之脩不匿厥指王用丕欽罔有逸言民用
丕變
不仁者鄙慢其民曰民可與樂成難與慮始故
爲一切之政若雷霆鬼神然使民不知其所從
出其肯敷心腹腎腸以與民謀哉今吾布告民
以所脩之政無所隱匿是大敬民也言之必可
行無過也是以信而變從我也逸過也
今汝聒聒起信險膚予弗知乃所訟
險者利口相傾覆也孔子曰浸潤之譖膚受之

愬不行焉可謂明也已矣巧言之入人如水之
漸漬如病之自肌理入也是之謂膚受汝聒聒
以險膚之言起信于人將誰訟乎
非予自荒茲德惟汝含德不惕予一人予若觀火
予亦拙謀作乃逸
荒廢也猶詩曰遂荒大東書曰予荒度土功也
含容也逸過也言汝妄造怨誹若非我自廢此
德以遂其事但汝容使汝不惕畏我則我亦不
仁矣如觀火作而不救能終不救乎終必撲滅

又曰前曰猷黜此曰克黜欲以其所謀者而實踐之前曰含德此曰施德欲以其所含者而宣布之

之容爾而不問能終不問乎終必誅絕之不忍于小而忍于大則是我拙謀成汝過也作成也

若網在綱有條而不紊若農服田力穡乃亦有秋

網無綱縱之亂也農不力穡安于逸也

汝克黜乃心施實德于民至于婚友丕乃敢大言汝有積德乃不畏戎毒于遠邇

戎大也毒害也商之世家大族造言以害遷者欲以苟悅小民爲德也故告之曰是何德之有

汝曷不施實德于汝民與汝婚友乎勞而有功

林氏曰此篇文勢皆相顧成文既說力穡有秋又曰惰農罔有黍稷既曰明若觀火又曰若火之燎原文雖渙散意實相屬

此實德也汝能勞而有功則汝乃敢大言曰我有積德如此則汝自得衆而多助豈復畏從我遠遷之大害乎

惰農自安不昏作勞不服田畝越其罔有黍稷

昏强也

汝不和吉言于百姓惟汝自生毒乃敗禍姦宄以自災于厥身乃既先惡于民乃奉其恫汝悔身何及

吉善也奉承也恫痛也汝今所施乃惡也非德

子淵曰一氣說下

也當自承其疾痛

相時憸民猶胥顧于箴言其發有逸口矧予制乃短長之命

憸民小人也小人尚顧箴規之言小人違箴言其禍敗之發有過于口舌之相傾覆矧予制汝夙生之命而敢違之乎

汝曷弗告朕而胥動以浮言恐沈于衆

恐動沈溺于衆人也

若火之燎于原不可嚮邇其猶可撲滅則惟爾衆

又曰称其世功以勸其從也

自作弗靖非予有咎遲任有言曰人惟求舊器非求舊惟新

遲任古賢人言人舊則習器舊則敝當常使舊人用新器我今所以從老成之言而遷新邑也

古我先王暨乃祖乃父胥及逸勤予敢動用非罰

我先王與汝祖父同其勞逸我其敢動用非法之罰于其子孫乎

世選爾勞予不掩爾善茲予大享于先王爾祖其從與享之作福作災予亦不敢動用非德

古者功臣配食于大烝王言吾固欲選用功臣之子孫也然爾祖與先王同享于廟能作福作災者吾亦不敢動用非德之賞于其子孫也

予告汝于難若射之有志

志所射表的也射而無志則孰爲中孰爲否王事艱難當各分守無爲浮言當若射之有志後有以考其功罪也

汝無侮老成人無弱孤有幼

有又通猶言孤與幼也

各長于厥居勉出乃力聽予一人之作猷無有遠邇。
汝無侮老弱幼各爲久居之計無有遠邇惟予所謀是從。
用罪伐厥死用德彰厥善。
有罪不伐則人將長惡不悛必殺而後已故我薄刑小罪者以伐其當殺者也。
邦之臧惟汝衆邦之不臧惟予一人有佚罰凡爾衆其惟致告。

國有不善則我有餘罪矣爾衆當盡以告我佚餘也致盡也

自今至于後日各恭爾事齊乃位度乃口度法也

罰及爾身弗可悔

商書

盤庚中第十

盤庚作惟涉河作起也

以民遷乃話民之弗率

民之弗率不以政令齊之而以話言曉之此盤庚之仁也

誕告用亶其有衆咸造勿褻在王庭

褻慢也

盤庚乃登進厥民曰明聽朕言無荒失朕命嗚呼古我前后罔不惟民之承保后胥慼鮮以不浮于天時

承敬也古者謂過曰浮浮之言勝也以敬民故

民保衛其后相與憂其憂雖有天時之災鮮不以人力勝之也

殷降大虐先王不懷厥攸作視民利用遷

先王以天降災虐不敢懷安其所作而遷者視民利而已

汝曷不念我古后之聞承汝俾汝惟喜康共非汝有咎比于罰

我古后所以敬汝使汝者喜與汝同安耳非爲有咎之日使汝同受其罰也

約凡曰從民一時之欲其從小從民永建之利其從大故曰丕

予若籲懷茲新邑亦惟汝故以丕從厥志

予所以召呼懷來新邑之人者亦惟以汝故也將使汝久居而安以大從我志

今予將試以汝遷安定厥邦汝不憂朕心之攸困乃咸大不宣乃心欽念以忱動予一人爾惟自鞠自苦若乘舟汝弗濟臭厥載

困病也鞠窮也汝不憂我心之所病者乃不布心腹敬念以誠動我但作怨誹以自窮苦譬如臨一作流水具一作乘舟能終不濟乎無遲留以臭

敗其所載也

爾忱不屬惟胥以沈不其或稽自怒曷瘳

爾誠不能上達也但相與沈溺莫或考其利害

者自怨自怒何損于病乎

汝不謀長以思乃災汝誕勸憂

汝不謀長策以慮患則是勸憂矣勸憂猶言樂

禍也

今其有今罔後汝何生在上

不謀其長有今而無後汝何以生于民上乎

今予命汝一

命汝一德一心也

無起穢以自臭

起穢者未能臭人先自臭也

恐人倚乃身迂乃心予迓續乃命于天予豈汝威

用奉畜汝衆

出怨言者或愚人爲人所使故告之曰恐人倚

託乃身以爲姦迂僻乃心俾迷惑失道予故導

迎汝以續汝命于天予豈汝威哉以奉養汝衆

而已

予念我先神后之勞爾先予丕克羞爾用懷爾然

爾之先祖有勳勞于湯故我大進用爾以懷爾

也

失于政陳于茲高后丕乃崇降罪疾曰曷虐朕民

陳久也崇大也耿圮而不遷以病我民是失政

而久于此也湯必大降罪疾于我以我爲虐民

也

汝萬民乃不生生暨予一人猷同心先后丕降與

◎

汝罪疾曰曷不暨朕幼孫有比

樂生與事則其生也厚是謂生生比同德也

故有爽德自上其罰汝汝罔能迪

非獨先後罰汝也汝有失德天其罰汝汝何道

自免乎

古我先后既勞乃祖乃父汝共作我畜民汝有戕

則在乃心我先后綏乃祖乃父乃祖乃父乃斷棄

汝不救乃死

則象也汝同我養民而有戕民之象見于心故

爲鬼神之所斷棄也

兹予有亂政同位具乃貝玉乃祖乃父丕乃告我高后曰作丕刑于朕孫迪高后丕乃崇降弗祥

亂政猶言亂臣也具者多取而兼有之之謂也

春秋傳曰昔平王東遷七姓從王牲用備具王賴之而賜之騂旄之盟鄭子產曰我先君威公與商人皆出自周庸次比耦以艾殺此地斬之蓬蒿藜藋而共處之世有盟誓以相信也曰爾無我叛我無強賈毋或匄奪爾有利市寶賄我

勿與知蓋遷國危事也方道路之勤營築之勞寶賄暴露而貪吏擾之易以生變故于其將行先盟之鬼神曰凡我亂政同位之臣敢利汝貝玉則其父祖當告我高后而誅之不獨如此而已王亦自誓于衆曰朕不肩好貨又曰無總于貨寶丁寧如此所以儆百官而安民心此古者遷國之法也

嗚呼今予告汝不易永敬大恤無胥絕遠

遷國大憂也君臣與民一德一心而後可相絕

又曰中字即上一字設中乃心則事幾未動至理常凝內必不敢不宣乃心而外亦不敢為人迂乃心

遠則殆矣

汝分猷念以相從

各分其事以謀之

各設中于乃心

中公平也

乃有不吉不迪

不吉凶人也不迪不道者也

顛越不恭

行險以犯上者

又曰前曰汝萬民乃不生生此曰往哉生生蓋敬其以不謀同心者而謀生之之利也前云今予將試以汝遷安定厥邦此曰永建厥家蓋家

暫遇姦宄

劫掠行道為奸者也

我乃劓殄滅之

輕者劓之重者殄滅之

無遺育無俾易種于茲新邑往哉生生今予將試以汝遷永建乃家

則新口曰生生又曰永建乃家然則遷殿者為君耶為民耶可知巳

商書

盤庚下第十一

盤庚既遷奠厥攸居乃正厥位

國相因家永建
則邦安定矣

郊廟朝社之位
綏爰有衆曰無戲怠懋建大命
生者有以養死者有以葬祭勉立此大命也
今予其敷心腹腎腸歷告爾百姓于朕志罔罪爾
衆爾無共怒協比讒言予一人古我先王將多于
前功適于山用降我凶德嘉績于朕邦今我民用
蕩析離居罔有定極爾謂朕曷震動萬民以遷
古我先王將求多于前人之功故即于高原近
山而居而天降此凶災之德我先王不即遷者

又曰人謀鬼謀皆大事所不可廢故遷都之舉謀之於衆復謀

嘉與汝民共施功于我舊邦而民終不免流離無所定止我豈無故震動萬民以遷哉

肆上帝將復我高祖之德亂越我家

濟及我家也

朕及篤敬恭承民命用永地于新邑

我當及此時敬承上帝恤民之命以永居于新邑

肆予沖人非廢厥謀弔由靈各非敢違卜用宏茲賁

之於卜

沖童也弔至也靈善也宏大也賁飾也我非敢
不與衆謀但至用其善者自遷至于奠居無所
不用卜以大此郊廟朝市之飾
嗚呼邦伯師長百執事之人尚皆隱哉
邦伯諸侯也師長公卿也隱閔也
予其懋簡相爾
擇賢以助爾
念敬我衆朕不肩好貨敢恭生生鞠人謀人之保
居敘欽

◎

肩任也不任好貨之人也敢果也恭者必愼果于利愼于厚生之道也鞫人窮人也謀人富人也富則能謀貧富相保而居各以其敘相敬也

此教民厚生之道也

今我旣羞告爾于朕志若否罔有弗欽

若順我而遷者也否不順者也

無總于貨寶

總聚也

生生自庸

各自用其厚生之道

式敷民德永肩一心

民不悅而猶爲之先王未之有也祖乙圯于耿盤庚不得不遷然使先王處之則動民而民不懼勞民而民不怨盤庚德之衰也其所以信于民者未至故紛紛如此然民怨誹逆命而盤庚終不怒引咎自責益開衆言反覆告諭以口舌代斧鉞忠厚之至此殷所以不亡而復興也後之君子厲民以自用者皆以盤庚藉口予不可

以不論

商書

說命上第十二

高宗夢得說使百工營求諸野得諸傅巖作說命三篇

高宗武丁也帝小乙之子傅巖之野在虞虢之間

王宅憂諒陰三祀

諒信也陰默也居憂信任冢宰而不言

用修曰劉禹錫之言曰在舜之庭元凱舉焉曰舜用之不曰天授在朕中宗襲亂而興心知說賢乃曰帝賚禹

既免喪其惟弗言羣臣咸諫于王曰嗚呼知之曰明哲明哲實作則

自知曰明知人曰哲

天子惟君萬邦百官承式

式法也

王言惟作命不言臣下罔攸稟令王庸作書以誥曰以台正于四方台恐德弗類茲故弗言恭默思道夢帝賚予良弼其代予言

信一夢而以天下之政授匹夫此事之至難者

錫之言蓋本莊子彼以武丁之用說猶田單之妄用一男子為軍師類乎聖人之神道設教以幾成務而不使民知恐不如是也其所云夢賚者實帝感其恭默之誠而賚之也其性情洽者其夢寐不亂乃可以孔子夢周公同觀而非殊絲之踐妖漢文

也武丁恭默思道神交于上帝得良弼于夢中武丁自信可也天下其孰信之故三年不言既免喪而猶默也夫天子三年不言百官萬民莫不憂懼以待命若大旱之望時雨也故一言而天下信之若神明然昔楚莊王齊威王皆三年不出令而以一言致彊霸亦此道也恨其所得非傅說之流是以不王然亦可謂神而明之者矣

乃審厥象俾以形旁求于天下說築傅巖之野惟

之啟偉矣鄭人
夢鹿而得真鹿
心誠於得鹿也
心誠於得鹿者
非天理之要也
而尚可以得況
誠於求矣而有
不得者乎

肖爰立作相

肖似也史記高宗得説與之語果聖人乃舉以爲相蓋非直以夢而已

王置諸其左右命之曰朝夕納誨以輔台德若金用汝作礪若濟巨川用汝作舟楫若歲大旱用汝作霖雨啓乃心沃朕心

渴其言也

若藥弗瞑眩厥疾弗瘳若跣弗視地厥足用傷

瞑眩憒眊也藥有毒者必瞑眩人所畏也跣不

視地爲棘茨瓦礫所傷人所不畏也君子爲國有革弊去惡之政如用毒藥瞑眩非所畏也謀之不審慮之不周以敗國事如跣不視地以傷足乃所當畏也

惟暨乃僚罔不同心以匡乃辟俾率先王迪我高后以康兆民嗚呼欽予時命其惟有終說復于王曰惟木從繩則正后從諫則聖后克聖臣不命其承疇敢不祗若王之休命

說以匹夫得政而王虛心以待之者如此意其

必有高世絶人之謀今其所以復于王者曰從諫而已大哉仁人之言約而至也唐太宗中主也其事父兄畜妻子正身治家有不正者多矣然所以致刑措其成功去聖人無幾者特以從諫而已說以爲此一言可以聖也故首進之以太宗觀之知從諫之可使狂作聖也

商書

說命中第十三

惟說命總百官乃進于王曰嗚呼明王奉若天道

則新曰惟以亂民是一篇大綱領

建邦設都樹后王君公承以大夫師長不惟逸豫

惟以亂民

古之天者皆言民也民不難出其力以食諸矦卿士以養天子者豈獨以逸樂之哉將使濟已也此所以爲天道也

惟天聰明惟聖時憲惟臣欽若惟民從乂

未嘗視也而無不見未嘗聽也而無不聞此天聰明也而聖人法之

惟口起羞

多言數窮故吉人之辭寡

惟甲胄起戎

春秋傳曰無戎而城讐必保焉無故而好甲兵民疑且畏致寇之道也

惟衣裳在笥

笥也篚也皆所以盛衣裳幣帛者也以貢曰篚以賜下曰笥趙簡子曰帝賜我二笥衣裳不藏之府庫而常在笥以待命而賜有功勸其不忘于進善也

惟干戈省厥躬。

苗頑弗即工，帝其念哉是也。

王惟戒茲，允茲克明，乃罔不休。惟治亂在庶官，官不及私昵，惟其能；爵罔及惡德，惟其賢。慮善以動，動惟厥時。有其善，喪厥善；矜其能，喪厥功。惟事事乃其有備，有備無患。無啓寵納侮。

小人有寵則慢其君，故啓寵則納侮之道也。

無恥過作非。惟厥攸居，政事惟醇。

居不醇則駁雜之政也。史佚曰：無始禍，無怙亂。

孔子曰無欲速無見小利顔淵曰無伐善無施勞同語不同此所謂立言者也譬之藥石米粟天下後世其皆以藉口令傳說之言皆散而不一一言一藥皆足以治天下之公患豈獨以訓武丁哉人至于今誦之也

黷于祭祀時謂弗欽禮煩則亂事神則難高宗之祀豐數于近廟故說因以戒之也

王曰旨哉說乃言惟服可服行也

乃不良于言予罔聞于行說拜稽首曰非知之艱行之惟艱王忱不艱允協于先王成德惟說不言有厥咎

商書

說命下第十四

王曰來汝說台小子舊學于甘盤旣乃遯于荒野入宅于河自河徂亳暨厥終罔顯

古之君子明王之世而不肯仕葢有之矣許由不仕堯舜夷齊不仕周商山之老不仕漢懷寶

子渊曰荒野之遁是甘盤非武丁也得蘇氏之辨可正舊說之誤

迷邦以終其身是或一道也武丁爲太子則學于甘盤武丁即位而甘盤遯去隱于荒野武丁使人求之迹其所往則居河濱自河徂亳不知其所終武丁無與共政者故相說也舊說乃謂武丁遯于荒野武丁爲太子而遯決無此理遯則如吳太伯豈復立也哉學者徒見書云其在高宗時舊勞于外故以武丁爲遁小乙使武丁劬勞于外以知艱難決非荒野之遁又以書曰在武丁時則有若甘盤故謂武丁即位而甘盤

在也甘盤武丁師也蓋配食其廟其曰在武丁
時固宜豈必即位而後師之哉若武丁遁而復
立不當云曁厥終罔顯也
爾惟訓于朕志若作酒醴爾惟麴蘖若作和羮爾
惟鹽梅
礪切磨巳者也舟楫濟巳者也霖雨澤民者也
麴蘖鹽梅和而不同者也
爾交脩予罔予棄予惟克邁乃訓說曰王人求多
聞時惟建事

又曰看遜字與傳解別其說自足

學道將以見之行事也非獨知之而已

學于古訓乃有獲事不師古以克永世匪說攸聞

惟學遜志務時敏厥脩乃來允懷于茲道積于厥躬

說既勉王以學又憂其所學者非道也故曰惟學遜志遜之言隨也隨其所志而得之志于仁則所得于學者皆仁也志于義則所得于學者皆義也若志于功利則所得于學者皆功利而已智足以飾非辯足以拒諫皆學之力也敏于

了九曰斆學半者言惟斆與學半也非全也高宗欲全資乎人故說以此告之

是則隨其所志而至矣故必先懷仁義之道然後積學以成之

惟斆學半

王者之學且學且教既以教人因以脩其身其功半于學

念終始典于學厥德修罔覺

積善如長不自覺也

監于先王成憲其永無愆惟說式克欽承旁招俊乂列于庶位王曰嗚呼說四海之內咸仰朕德時

乃風股肱惟人良臣惟聖
以良臣惟聖猶以股肱惟人也
昔先正保衡
伊尹亦號保衡
作我先王乃曰予弗克俾厥后惟堯舜其心愧恥
若撻于市一夫不獲則曰時予之辜佑我列祖格
于皇天爾尚明保予罔俾阿衡專美有商惟后非
賢不乂惟賢非后不食其爾克紹乃辟于先王永
綏民說拜稽首曰敢對揚天子之休命

商書

高宗肜日第十五

高宗祭成湯有飛雉升鼎耳而雊祖已訓諸王作

高宗肜日高宗之訓

此一篇亡

高宗肜日越有雊雉祖已曰惟先格王正厥事乃

訓于王曰惟天監下民典厥義降年有永有不永

非天夭民民中絕命民有不若德不聽罪天旣孚

命正厥德乃曰其如台嗚呼王司敬民罔非天胤

又曰典厥義三字是格心之本

典祀無豐于昵

祭之明日又祭殷曰肜周曰繹雊雉號也格正也典常也孚信也司主也胤嗣也昵親也繹祭之日野雉雊于鼎耳此爲神告王以宗廟祭祀之失審矣故祖己以謂當先格王心之非蓋武丁不專脩人事數祭以媚神而祭又豐于親廟儉于遠者敬其父薄其祖此失德之大者故傅此祖己皆先格而正之祖己之言曰天之監人有常義無所厚薄而降年有永有不永者非天夭

人人或以中道自絕于天也人有不順之德不聽之罪天未即誅絕而以孽祥爲符信以正其德人乃不悔禍曰是孽祥其如我何則天必誅絕之矣今王專主于敬民而已數祭無益也夫先王孰非天嗣者常祀而豐于昵其可乎此理明甚而或者乃謂先王遇災異非可以象類求天意獨正其事而已高宗無所失德惟以豐昵無過此乃諂事世主者言天人本不相與欲以廢洪範五行之說予以爲五行傳未易盡廢也

書曰越有雊雉足矣而孔子又記其雊于耳非以耳爲祥乎而曰不可以象類求過矣人君于天下無所畏惟天可以儆之今乃曰天災不可以象類求我自視無過則已矣爲國之害莫大于此予不可以不論

商書

西伯戡黎第十六

殷始咎周

咎惡也

周人乘黎

乘勝也。黎在上黨壺關。

祖伊恐，奔告于受，作西伯戡黎。

祖巳後也。受，紂也。帝乙子。西伯，文王也。戡亦勝也。

西伯既戡黎，祖伊恐，奔告于王，曰：天子，天既訖我殷命，格人元龜，罔敢知吉。

人至于道爲格人，其言與著龜同也。

非先王不相我後人，惟王淫戲用自絕，故天棄我

不有康食不虞天性不迪率典
天棄我故天地鬼神無有安食于我者不虞天
性者父子之親不相虞度也不迪率典者五典
之親不相道率也
今我民罔弗欲喪曰天曷不降威大命不摯今王
其如台
摯鷙也言天何不摯取王乎今王無若我何民
不忌王如此
王曰嗚呼我生不有命在天祖伊反曰嗚呼乃罪

◎

多參在上乃能責命于天

天子固有天命以保巳今汝罪之聞于天者衆矣天將去汝豈可復責天以保巳之命耶

殷之卽喪指乃功不無戮于爾邦

功事也視汝所行之事雖邦人猶當戮汝而況于天乎孔子曰紂之不善不如是之甚也予乃今知之祖伊之諫盡言不諱漢唐中主所不能容者紂雖不殺而終不怒祖伊得全則後世人主有不如紂者多矣

張言右曰讀微子一篇見三仁之心

商書

微子第十七

殷既錯天命

錯亂也

微子作誥父師少師

微子紂兄也父師箕子紂之諸父少師比干也

微子若曰父師少師殷其弗或亂正四方我祖底遂陳于上

致成其法度以陳示後人

又曰紂敗德處甚多沉酗是其本源故酒誥獨于妹邦兢兢

我用沈酗于酒用亂敗厥德于下殷罔不小大好
草竊姦宄卿士師師非度
相師于非法
凡有辜罪乃罔恒獲小民方興相爲敵讎今殷其
淪喪若涉大水其無津涯殷遂喪越至于今曰父
師少師我其發出狂吾家耄遜于荒今爾無指告
予顛隮若之何其
我其奔走去國若狂人然吾家之耆老知紂之
必亡而遯于荒野者多矣今爾無意告我其

若顚隮何

父師若曰王子天毒降災荒殷邦方興沈酗于酒乃罔畏畏

不畏其可畏乎

咈其耉長舊有位人今殷民乃攘竊神祇之犧牷牲用以容將食無災

色純曰犧體完曰牷牛羊豕曰牲用器也盜天地宗廟之牲器以相容匿且以祭器食而曰無災

降監殷民用乂讐斂召敵讐不怠
言殷之君臣下視其民若仇讐而聚斂之以此爲治力行不怠皆召敵讐之道也
罪合于一多瘠罔詔
瘠病也君臣爲一皆病矣無從告之者
商今其有災我興受其敗商其淪喪我罔爲臣僕
商之有災而未亡也我起而正之則受其禍若其既巳也我又無與爲臣僕者此所以佯狂而爲奴也

又曰天地間事到無可奈何處只有一點此心人人可以自盡不得强同亦不得强異此忠臣孝子之道也

詔王子出迪我舊云刻子王子弗出我乃顛隮

刻害也箕子在帝乙時以微子長且賢欲立之而帝乙不可卒立紂紂忌此兩人故箕子曰子之出固其道也我舊所云者害子子若不出則我與子皆危矣

自靖

靖安也微子之告箕子若欲與之皆去然箕子曰吾三人者各行其志自用其心之所安者而已

子之經天理人情之極自靖就自獻不愧生者即可以對先王也

人自獻于先王。

人各自以其意貢于先王。微子以去之爲續先王之國。箕子以爲之奴爲全先王之嗣。比干以諫而死爲不負先王也。

我不顧行遯。

不念與汝皆行也。

則新曰比干無言比干之志定矣讀此乃知三人分身各任一事所以爲三仁

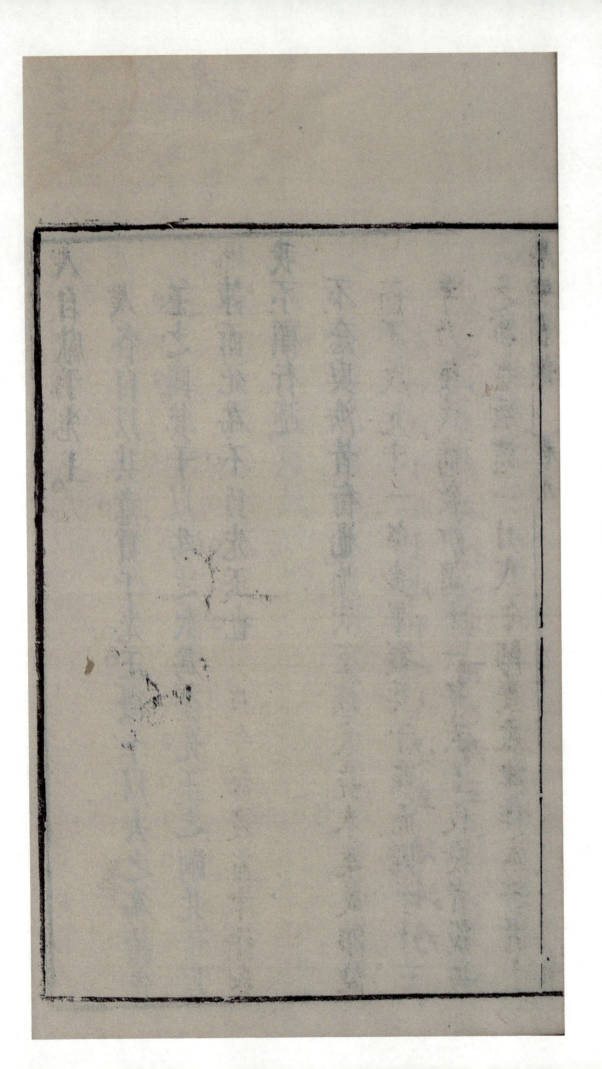

東坡書傳卷第九

周書

泰誓上第一

惟十有一年。武王伐殷。一月戊午。師渡孟津。作泰誓三篇。

文王受命九年而崩。武王以大統未集。故即位而不改元。十一年喪畢。觀兵于商而歸。至十三年。乃復伐商。敘所謂十一年武王伐殷者。觀兵之事也。所謂一月戊午。師渡孟津。作泰誓者。十

三年之事也而并爲一年言之疑敘文有闕誤
惟十有三年春大會于孟津王曰嗟我友邦冢君
越我御事庶士明聽誓
天子有友諸侯之義冢大也御治也
惟天地萬物父母惟人萬物之靈亶聰明作元后
元后作民父母今商王受弗敬上天降災下民沈
湎冒色敢行暴虐罪人以族官人以世
孥戮湯事也而罪人以族則爲紂罪賞延于世
舜德也而官人以世則爲紂惡者湯之孥戮徒

子淵曰如紂惡果悛武王定北面事之矣封商之說恐未是

言之而不用舜之賞延非官人也

惟宮室臺榭陂池侈服以殘害于爾萬姓焚炙忠良刳剔孕婦皇天震怒命我文考肅將天威大勳未集肆予小子發以爾友邦冢君觀政于商

或曰武王觀政于商欲紂改過不幸而不悛若其悛也則武王當復北面事之歟曰否文王武王之王也久矣紂若改過不過存其社稷宗廟而封諸商使爲二王後也以爲武王退而示弱固陋矣而曰復北面事之者亦過也

惟受罔有悛心乃夷居

安居自若也

弗事上帝神祇遺厥先宗廟弗祀犧牲粢盛既于凶盜乃曰吾有民有命罔懲其侮天佑下民作之君作之師惟其克相上帝寵綏四方有罪無罪予曷敢有越厥志同力度德同德度義

力均以德德均以義則知勝負矣

受其臣億萬惟億萬心予有臣三千惟一心商罪貫盈天命誅之予弗順天厥罪惟鈞予小子夙夜

又曰玩通章氣脉聯絡如貫珠

祇懼受命文考類于上帝宜于冢土

冢土社也祭社曰宜

以爾有衆底天之罰天矜于民民之所欲天必從之爾尚弼予一人永清四海時哉弗可失

周書

泰誓中第二

惟戊午王次于河朔羣后以師畢會王乃徇師而誓曰嗚呼西土有衆咸聽朕言我聞吉人爲善惟日不足凶人爲不善亦惟日不足今商王受力行

無度播棄黎老昵比罪人淫酗肆虐臣下化之朋
家作仇脅權相滅無辜籲天穢德彰聞惟天惠民
惟辟奉天有夏桀弗克若天流毒下國天乃佑命
成湯降黜夏命惟受罪浮于桀剝喪元良
剝落也喪去也古者謂去國爲喪元良微子也
微子紂之同母兄而謂之庶子不得立者生于
帝乙未即位之前也以禮言之當與紂均爲嫡
子而微子長故成王命之曰殷王元子
賊虐諫輔

又曰朕夢協合
下一步進一步
總見必克之意

比干也

謂已有天命謂敬不足行謂祭無益謂暴無傷厥

監惟不遠在彼夏王天其以予乂民朕夢協朕卜

高宗言夢文王武王言夢孔子亦言夢者其情

性治其夢不亂

襲于休祥戎商必克受有億兆夷人離心離德予

有亂臣十人同心同德

夷人平民也古今傳十人爲文母周公太公召

公畢公榮公太顛閎夭散宜生南宮括孔子曰

有婦人焉九人而已
雖有周親不如仁人
十人之中雖有周召之親然皆仁人非以親用
也
天視自我民視天聽自我民聽百姓有過在予一
人今朕必往我武惟揚侵于之疆取彼凶殘我伐
用張于湯有光
湯放桀而有慙德今我亦爲之湯不媿矣
勗哉夫子罔或無畏寧執非敵百姓懔懔若崩厥

角

勗勉也戒民無輕敵寧執是心曰我不足以敵

紂民畏紂之虐若崩厥角也

嗚呼乃一德一心立定厥功惟克永世

周書

泰誓下第三

時厥明

戊午之明日也

王乃大巡六師明誓衆士王曰嗚呼我西土君子

天有顯道厥類惟彰
天有明人之道明其類德者
今商王受狎侮五常
五常五典也狎侮五典以人倫爲戲也
荒怠弗敬自絕于天結怨于民斮朝涉之脛剖賢
人之心作威殺戮毒痡四海
痡病也
崇信姦回放黜師保屏棄典刑囚奴正士郊社不
脩宗廟不享作奇技淫巧以悅婦人上帝弗順祝

降時喪

祝斷也

爾其孜孜奉予一人恭行天罰古人有言曰撫我則后虐我則讎獨夫受洪惟作威乃汝世讎樹德務滋除惡務本

滋廣也言止取紂也

肆予小子誕以爾衆士殄殲乃讎爾衆士其尚迪果毅以登乃辟功多有厚賞不迪有顯戮嗚呼惟我文考若日月之照臨光于四方顯于西土惟我

有周誕受多方予克受非予武惟朕文考無罪受克予非朕文考有罪惟予小子無良

兵凶事也以武王與紂猶有勝負之憂爲文丁羞是以先王重用兵也

周書

牧誓第四

武王戎車三百兩虎賁三百人

虎賁猛士也若虎之奔獸

與受戰于牧野作牧誓

春秋晉與楚戰皆七八百乘武王能以三百乘
三百人克紂者其德與政皆勝且諸侯之兵助
之者衆也
時甲子昧爽王朝至于商郊牧野
在朝歌南
乃誓王左杖黄鉞右秉白旄以麾
黄鉞以金飾也軍中指麾白則見遠王無自用
鉞之理以爲儀耳故左杖黄鉞麾非右手不能
故右秉白旄此事理之常本無異説而學者妄

用修曰逖矣西土一句有無限奮激之意正說慰勞便淺

相附致張爲議論皆非其實凡若此者不取

曰逖矣西土之人

逖遠也

王曰嗟我友邦冢君御事司徒司馬司空

御事治事也指此三卿也六卿止言三古者官不必備或三公兼之

亞旅師氏

亞旅衆大夫其位次卿師氏亦大夫主以兵守門

言者曰惟婦言
句爲主正是昏
處所謂牝鷄之
晨也廢祀奕親
比佞害民皆由

千夫長百夫長及庸蜀羌髳微盧彭濮人
春秋傳楚儀庸與百濮伐之庸上庸縣濮卽百
濮也又楚伐羅羅與盧戎兩軍之蓋南蠻之屬
楚者羌先零罕开之屬彭今屬武陽有彭亡髳
微闕則知此數國皆西南之夷
稱爾戈比爾干立爾矛予其誓王曰古人有言曰
牝雞無晨牝雞之晨惟家之索今商王受惟婦言
是用昏棄厥肆祀弗答
肆祀所陳祭祀也祀所以報也故謂之答

婦用而然即惟家之索

昏棄厥遺王父母弟不迪

王父母及母弟皆先王之遺胤不以道遇之也

乃惟四方之多罪逋逃是崇是長是信是使是以爲大夫卿士俾暴虐于百姓以姦宄于商邑今予發惟恭行天之罰今日之事不愆于六步七步乃止齊焉夫子勗哉不愆于四伐五伐六伐七伐乃止齊焉

孫武言用兵其勢險其節短故不過六步七步四伐五伐六伐七伐必少休而整齊之伐擊刺

也。

勖哉夫子。尚桓桓。如虎如貔。如熊如羆。于商郊。弗迓克奔以役西土。紂師能來奔者。勿復迎擊。以勞役我西土之人。

勖哉夫子。爾所弗勖。其于爾躬有戮。

周書

武成第五

武王伐殷。往伐歸獸。識其政事。作武成。

自往伐至歸牛馬。皆記之。

子淵曰此篇敘克商以後之事不死考定自然成文歸馬放牛華見在而言甲子昧爽則追敘之詞也

惟一月壬辰旁死魄越翼日癸巳王朝步自周于征伐商厥四月哉生明王來自商至于豐

壬辰未有事先書旁死魄者記月之生死使千載之日後世可考也曆法以月起故書多記生死朏望皆先事而書所以正曆也

乃偃武脩文歸馬于華山之陽放牛于桃林之野示天下弗服

華山之陽有山川焉然地至險絕可入而不可出桃林之野在華山東亦險阻歸馬牛于此示

天下弗服也春秋傳曰天生五材民並用之闕一不可誰能去兵兵不可去則牛馬不可無雖堯舜之世牛馬之政不可不修而武王歸馬休牛倒載干戈包之虎皮示不復用者蓋勢有不得不然者也夫以兵雄天下殺世主而代之雖盛德所在懼者衆矣武庚紂子也殺其父用其子付之以殷民武王知其必叛矣然必用之紂子且用況其餘乎所以安諸侯之懼也楚靈王旣縣陳蔡朝諸侯卜曰當得天下民患王之無

厭也故從亂如歸知伯夫差皆以此亡戰勝而不已非獨諸侯懼也吾民先叛矣湯武皆畏之故湯以懋德令諸侯曰慄慄危懼若將隕于深淵其敢復言兵乎武王之偃武則湯之懋德也秦漢惟不知此故始皇不及一世而天下亂漢雖不亡然諸侯功臣皆叛高祖以流矢崩不偃武之過也

丁未祀于周廟邦甸侯衛駿奔走執豆籩越三日

庚戌柴望大告武成既生魄庶邦冢君暨百工受

命于周王若曰嗚呼羣后惟先王建邦啓土公劉克篤前烈至于大王肇基王迹王季其勤王家

先王當作先公后稷也或曰先王謂舜也舜始封后稷于邰公劉后稷曾孫鞠之子太王后稷十二世孫公叔祖類之子謂古公亶父也其子王季謂季歷也

我文考文王克成厥勲誕膺天命以撫方夏大邦畏其力小邦懷其德惟九年大統未集

文王以虞芮質厥成之後改元九年而崩

予小子其承厥志底商之罪告于皇天后土所過
名山大川曰惟有道曾孫周王發
有道指其父祖也
將有大正于商今商王受無道暴殄天物害虐烝
民爲天下逋逃主萃淵藪
天下有罪而逃歸紂者紂皆主之藏如淵藪之
聚鳥獸也
予小子既獲仁人
謂亂臣十人

又曰癸亥至于商郊甲子昧爽以後追事之詞並非錯簡

敢祗承上帝以遏亂畧華夏蠻貊罔不率俾恭天成命肆予東征綏厥士女惟其士女篚厥玄黃昭我周王天休震動用附我大邑周惟爾有神尚克相予以濟兆民無作神羞既戊午師渡孟津癸亥陳于商郊俟天休命甲子昧爽受率其旅若林會于牧野罔有敵于我師前徒倒戈攻于後以北血流漂杵

紂師自相攻至血流漂杵非武王之罪然孟子不取者謂其應兵也惡其以此自多而言之也

一戎衣天下大定乃反商政政由舊釋箕子囚封
比干墓式商容閭
商容賢者而紂不用車過其閭式以禮之
散鹿臺之財發鉅橋之粟大賚于四海而萬姓悅
服
非獨以惠民亦以示不復用兵也
列爵惟五
公侯伯子男
分土惟三

公矦百里伯七十里子男五十里自孟子王制皆云爾此周制也鄭子產言列國一同今大國數圻若無侵小何以至焉而周禮乃曰公之地五百里矦四百里伯三百里子二百里男百里凡五等禮曰封周公于曲阜地方七百里皆妄也先儒以謂周衰諸矦相并自以國過大違禮乃除滅舊文而爲此說獨鄭玄之徒以謂周初因商三等其後周公攘戎狄斥廣中國大封諸矦夫攘戎斥地能拓邊耳自荒服以内諸矦固

自如也周公得地于邊而增封于内非動移諸侯遷其城郭廟社安能增封乎知玄之妄也而近歲學者必欲實周禮之言則爲之說曰公之地百里而已五百里者并附庸言之夫以五百里之地公居其一而附庸居其四豈有此理哉予專以書孟子王制及鄭子產之言考之知周禮非聖人之全書明矣

建官惟賢位事惟能重民五教惟食喪祭惇信明義崇德報功垂拱而天下治

蘇書傳

九曰洪範一篇首尾都歸皇極上

東坡書傳卷第十

周書

洪範第六

武王勝殷殺受立武庚以箕子歸作洪範

洪範大法也武王殺受立武庚非所以問洪範者而孔子于此言之明武王之得箕子蓋師而不臣也箕子之言曰殷其淪喪我罔爲臣僕殷亡則箕子無復仕之道以此表正萬世爲君臣之法如伯夷叔齊之志也箕子之道德賢于微

子而況武庚乎武王將立殷後必以箕子爲首微子次之而卒立武庚者必二子辭焉武庚死而立微子則是箕子固辭而不可立也太史公曰武王封箕子朝鮮而不臣也非五服之外賓客之國則箕子不可得而侯也然則曷爲爲武王陳洪範也天以是道畀禹而傳至于箕子不可使自我而絕也以武王而不傳則天下無復可傳者矣故爲箕子之道者傳道則可仕則不可此孔子敘書之意也

則新曰即一祀字見箕子不爲臣尚留商祚一綫

惟十有三祀王訪于箕子

商曰祀周曰年在周而稱祀亦箕子不事周之意

王乃言曰嗚呼箕子惟天陰騭下民相協厥居我不知其彝倫攸敘

騭升彝常也倫理也天人有相通之道若顯然而通之以交于天地鬼神之間則家爲巫史矣故堯命重黎絕地天通惟達者爲能默然而心通也謂之陰騭君子而不通天道則無以助民

薛方山曰以天乃錫禹為洛出書則天乃錫湯為何所與乎本文原不說洛書此是後儒臆見況龜文只有九

而合其居矣故武王以天人常類之文訪箕子

箕子乃言曰

乃言曰難之也王虛心而後問箕子辭讓而後對也

我聞在昔鯀陻洪水汩陳其五行帝乃震怒不畀洪範九疇彝倫攸斁鯀則殛死禹乃嗣興天乃錫禹洪範九疇彝倫攸敘

汩亂也九疇如草木之區別也斁厭也執一而不知變鮮不厭者孔子曰克伐怨慾不行焉可

數五於五事等乃與所自其雖禹所自第而实矣啟其裏也

謂仁矣好勝之謂克治民而求勝民者必亡治病而求勝病者必殺人堯謂鯀方命圮族楚詞云鯀婞直以亡身知其剛愎好勝者也五行土勝水鯀知此而已不通其變夫物之方壯不達其怒而投之以其所畏其爭必大豈獨水哉以其殛死知帝之震怒也舊說河出圖洛出書河圖爲八卦洛書爲九疇其傳也尚矣學者或疑而不敢言以予觀之圖書之文必粗有八卦九疇之象數以發伏羲與禹之知如春秋之以麟

作也豈可謂無也哉

初一曰五行

　無所不用五行故不言用

次二曰敬用五事次三曰農用八政

　農厚也

次四曰協用五紀次五曰建用皇極次六曰乂用三德次七曰明用稽疑次八曰念用庶徵次九曰嚮用五福威用六極

　嚮趨也用福極使人知所趨避也

一五行一曰水二曰火三曰木四曰金五曰土

此五行生數也生成之數解見易傳

水曰潤下火曰炎上木曰曲直金曰從革土爰稼穡

皆其德也水不潤下則不能生物故水以潤下爲德火不炎上則不能熟物故火以炎上爲德木曰曲直謂其能從繩墨也木不曲直則不能棟宇故木以曲直爲德金曰從革謂其能就鎔範也金不變化則不能成器故金以從革爲德

土無所不用不可以一德名而其德盛于稼穡不曰曰而曰爰爰于也曰者所以名之也無成名無專氣無定位蓋曰于此稼穡而非所以名之也

潤下作鹹炎上作苦曲直作酸從革作辛稼穡作甘

五行之所作不可勝言也可言者聲色臭味而已人之用是四者惟味爲急故舉味以見其餘也

用修曰目擊道存之謂睿故其字從目聲入心通之謂聖故其字從耳故曰聖人時人之耳目

二五事一曰貌二曰言三曰視四曰聽五曰思貌曰恭言曰從視曰明聽曰聰思曰睿恭作肅從作乂明作哲聰作謀睿作聖

人生而有耳目口鼻視聽言思之具中有知而外有容與生俱生者也今五事先貌而次言然後有視聽已而乃有思何也人之生也五事皆具而未能用也自其始孩而貌知恭見其父母匍匐而就之擎跽而禮之是貌恭者先成也稍長而知言語以達其意故言從者次之于是始

有識别而目乃知物之美惡耳乃知事之然否于是而致其思無所不至矣故視明聽聰思睿者又次之睿者達也窮理之謂也貌恭而人畏之謂之肅言從而民服之謂之乂視明而不爲色所眩謂之哲聽聰而不爲言所移謂之謀致思自窮理盡性以至于命謂之聖此天理之自然由匹夫而爲聖人之具也聖人以爲此五者之事可以交天人之際治陰陽之變山川之有草木如人之有容色威儀也故貌爲木而可以

子淵曰此以五事配五行分屬精當

治雨金之聲如人之有言也故言爲金而可以治暘火之外景如人之有目也故視爲火而可以治燠水之內景如人之有耳也故聽爲水而可以治寒土行于四時金木水火得之而後成如人心之無所不在也故思爲土而可以治風此洪範言天人之大畧也或曰五事之敘與五行之敘異蓋從其相勝者是殆不然聖人敘五事專以人事之理爲先後如向所云者其合于五勝適會其然耳從而爲之説則過矣

于九曰治内之政六而司寇居後治外之政二而師居末蓋教養兼舉而後罷于刑則刑之可以無憾諸侯遠人懷之而後紀不庭則武不爲黷

三八政一曰食二曰貨三曰祀四曰司空五曰司徒六曰司寇七曰賓八曰師

食爲首貨次之祀次之食貨所以養生而祀所以事死也生死之理得則司空定其居居定而後可教旣教而後可誅故司空司徒司寇次之所以治民者至矣然後治諸侯治諸侯莫若禮所以賓之者備矣而猶不服則兵可用故賓而後師

四五紀一曰歲

歲星所次也。

二曰月。

月所躔也。

三曰日。

日所在也。

四曰星辰。

星二十八宿。辰十二次也。星辰者。歲月日之所

行也。此四者。所以授民時也。

五曰曆數。

以曆授民時則并彼四者爲一矣豈復與彼四者列而爲五哉予以是知曆者授民時者也數者如陽九百六之類聖人以是前知吉凶者也書曰天之曆數在爾躬

五皇極

大而無際謂之皇莊子曰無門無旁四達之皇皇至而無餘謂之極予思子曰喜怒哀樂之未發謂之中道有進此者乎故曰極亦曰中孔子曰過猶不及學者因是以謂中者過與不及之

則新日敷錫正建極也蓋皇建非爲一身原爲天下也

問之謂也陋哉斯言也聵者之言不粗則微何也耳之官廢則粗微之制不在我也聰者之言無粗微豈復擇粗微之間而後言乎中則極極則中中極一物也學者知此則幾矣

皇建其有極

大立是道以爲民極

斂時五福用敷錫厥庶民惟時厥庶民

我有是道五福自至可以錫庶民矣

于汝極

我有是道則民皆取中于我

錫汝保極

我有是道則民皆保我以安我以五福錫民民以保安錫我

凡厥庶民無有淫朋人無有比德惟皇作極凡厥庶民有猷有爲有守汝則念之不協于極不罹于咎皇則受之而康而色曰予攸好德汝則錫之福時人斯其惟皇之極無虐煢獨而畏高明人之有能有爲使羞其行而邦其昌凡厥正人既富方穀

又曰汝弗能使有好于而家時人斯其辜真能云建極也蓋天理只在人情人情不能体貼何以爲建極

汝弗能使有好于而家時人斯其辜于其無好德汝雖錫之福其作汝用咎

皇極之道大矣無所不受無所不可苟非淫朋比德自棄于邪者皆可受而成就之與作極也有猷者有謀慮者也有爲者有材力者也有守者有節守者也皆可與作極者也汝則念之勿忘也雖不協于極而未麗于惡者汝則受之勿棄也有自言者曰我所好者德也雖眞僞未可知汝則錫之福則人知爲善之利斯大作極矣

虐煢獨而畏高明則人慕富貴厭貧賤利不在于爲善矣人之有能有爲皆得自進而邦乃昌雖正人亦有見而後仁既富而後爲善者汝知其不邪斯可進矣不必待其有善而後祿也汝見正人而不能進使與汝國家相好則此正人亦或去而爲惡也于其無好德者所謂淫朋比德自棄于邪者也斯人而錫之福則汝亦有咎矣大哉皇極之道非大人其孰能行之嗚呼此固硜硜者之所大失也歟不協于極而受之自

言好德而信之必有欺我而敗事者矣然得者必多失者必少唐武氏之無道也獨于進人無所留難非徒人得一士亦許自舉其材其後開元賢臣致刑措者皆武氏所收也德宗好察而多忌士無賢愚皆不得進國空無人以致奉天之禍故陸贄有言武后以易得人而陛下以精失士至哉斯言也昔常袞爲相艱于進人賢愚同滯及崔祐甫代之未朞年除吏八百多其親舊其曰非親舊莫由知之若祐甫與贄眞可與

論皇極者也

無偏無陂遵王之義無有作好遵王之道無有作惡遵王之路無偏無黨王道蕩蕩無黨無偏王道平平無反無側王道正直會其有極歸其有極

偏陂反側而作好惡此最害皇極者皇極無可作可作非皇極也去其害皇極而已

曰皇極之敷言是彝是訓于帝其訓

天之錫禹九疇不能如是諄諄也蓋粗有象數而已禹箕子推而廣之至皇極尤詳曰此非皆

帝之言也皇極之敷言也帝以數象告而我敷
廣其言為彝訓亦與帝言無異故曰于帝其訓
凡厥庶民極之敷言是訓是行以近天子之光曰
天子作民父母以為天下王
皇極非獨天子事也使庶人而能訓行此敷言
者其功烈豈可勝言哉亦足以附益天子之光
明且能使其民愛其君如父母也
六三德一曰正直二曰剛克三曰柔克平康正直
彊弗友剛克燮友柔克

不剛不柔曰正直孔子曰以直報怨平安無事用正直而已變和也過彊不順者則以剛勝之人治之和順者則以柔順之人養之所謂剛亦不吐柔亦不茹也

沈潛剛克高明柔克

沈潛地也坤至柔而動也剛是以剛勝也高明天也天爲剛德猶不干時是以柔勝也坤六二直方大乾上九亢龍有悔臣當執剛以正君君當體柔以納臣也

惟辟作福惟辟作威惟辟玉食臣無有作福作威玉食臣之有作福作威玉食其害于而家凶于而國人用側頗僻民用僭忒

聖人之憂世深矣其言世爲天下則旣陳天地君臣剛柔之道矣則憂後世因是以亂君臣之分故復深戒之

七稽疑擇建立卜筮人

將與卿士皆謀及之其可不擇而立乎

乃命卜筮

卜筮必命此人不使不立者占也。

曰雨。

其兆如雨。

曰霽。

如雨止。

曰蒙。

如蒙霧。

曰驛。

兆絡驛不相屬。

曰克。

　乖相錯入也。

曰貞。曰悔。

春秋傳曰。秦伯伐晉。卜。徒父筮之。遇蠱。曰蠱之貞風也。其悔山也。是內卦爲貞。外卦爲悔也。卦之不變者。占卦而不占爻。故用貞悔。占者變者。則止以所變之爻占之。其謂之貞悔者。古語如此。莫知其訓也。

凡七。卜五。占用二。衍忒。

衍推也忒過也謂變而適他卦者也卜用其五占也于二曰貞曰悔此其不變者耳又當推其變者皆占之

立時人作卜筮三人占則從二人之言

旣立此人爲卜筮矣則當信而從之其占不同則當從衆

汝則有大疑謀及乃心謀及卿士謀及庶人

聖人無私之至視其心與卿士庶人如一皆謀及之周禮有外朝致民之法然上酌民言聽與

人之謂皆謀及之道也

謀及卜筮汝則從龜從筮從卿士從庶民從是之謂大同身其康彊子孫其逢吉汝則從龜從筮從卿士逆庶民逆吉卿士從龜從筮從汝則逆庶民逆吉庶民從龜從筮從汝則逆卿士逆吉汝則從龜從筮逆卿士逆庶民逆作內吉作外凶龜筮共違于人用靜吉用作凶

內祭祀昏冠之類外出師征伐之類

八庶徵曰雨曰暘曰燠曰寒曰風曰時

貌木也其徵爲雨言金也其徵爲暘視火也其徵爲燠聽水也其徵爲寒思土也其徵爲風聖人何以知之以四時知之也四時之氣木爲春春多雨故雨爲貌徵金爲秋秋多旱故暘爲言徵火爲夏夏多燠故燠爲視徵水爲冬冬多寒故寒爲聽徵土爲四季而風行于四時故風爲思徵箕子既敘此五徵矣則又有曰時者明此五徵以四時五行推知之也

五者來備各以其敘庶草蕃廡一極備凶一極無

凶。

備者皆有而不過也極備者過多也極無者過少也此五者有一如此則皆凶也

曰休徵曰肅時雨若曰乂時暘若曰哲時燠若曰謀時寒若曰聖時風若曰咎徵曰狂恒雨若

貌不肅則狂

曰僭恒暘若

言不從則僭僭不信也

曰豫恒燠若

視不晢則豫豫淫樂于色也
曰急恒寒若
聽不聰則曰急急過察也
曰蒙恒風若
思不睿則蒙蒙暗也
曰王省惟歲
自此以下皆五紀之文也簡編脫誤是以在此其文當在五曰曆數之後莊子曰除日無歲王省百官而不兼有司之事如歲之總日月也

◎

卿士惟月師尹惟日

卿士亦不侵師尹之職也

歲月日時無易百穀用成乂用明俊民用章家用平康日月歲時旣易百穀用不成乂用昏不明俊民用微家用不寧

歲月日時相奪則百穀不成君臣相侵則治不明俊民微而家不寧

庶民惟星星有好風星有好雨日月之行則有冬有夏月之從星則以風雨

箕好風畢好雨月在箕則多風在畢則多雨言
歲之寒燠由日月其風雨由星以明卿士之能
爲國休戚庶民之能爲君禍福也
九五福一曰壽二曰富三曰康寧
無疾病
四曰攸好德
作德心逸日休其爲福也大矣
五曰考終命六極
極窮也

一曰凶短折。不得其死曰凶。

二曰疾。多疾病。

三曰憂。人有常戚戚者亦命也。

四曰貧五曰惡。醜陋也。

六曰弱。

厄劣也福之反則極也極之對則福也五與六豈其盡之皇極之建則多福不建則多極皆其大畧也必曰何以致之則過矣

武王旣勝殷邦諸侯班宗彝作分器

宗彝宗廟彝尊也以爲諸侯分器一篇亾

則新曰經不言
武之ゝ受獒故
召公訓亦不露
一獒今人說出
許多獒字殊失
古人枉于未形
口吻

東坡書傳卷第十一

周書

旅獒第七

西旅獻獒太保作旅獒

召公也

惟克商遂通道于九夷八蠻西旅厎貢厥獒

西方之國有以獒爲貢者旅陳也春秋傳曰庭

實旅百犬四尺曰獒

太保乃作旅獒用訓于王曰嗚呼明王慎德四夷

子淵曰慎德是一篇大關目

咸賔無有遠邇畢獻方物惟服食器用王乃昭德之致于異姓之邦無替厥服

如以肅慎楛矢分陳之類使知王能以德致四夷之物况諸夏乎

分寶玉于伯叔之國時庸展親

如以夏后氏之璜分魯之類以布親親之意

人不易物惟德其物

同是物也有德則貴無德則賤

德盛不狎侮狎侮君子罔以盡人心

君使臣以禮

狎侮小人罔以盡其力

小人學道則易使

不役耳目百度惟貞

不以聲色爲役

玩人喪德玩物喪志志以道寧言以道接

玩人則人不我敬故喪德玩物則志以物移故喪志志喪則中亂故志以道寧德喪則人離故言以道接

不作無益害有益功乃成不貴異物賤用物民乃足。

民爭爲異物以中上好則農工病矣。

犬馬非其土性不畜珍禽奇獸不育于國不寶遠物則遠人格。

夷狄性貪故喜廉而畏貪古之循吏能以廉服夷狄者多矣而貪吏亦足以致寇況于王乎周穆王得狼鹿爾而荒服因以不至。

所寶惟賢則邇人安嗚呼夙夜罔或不勤不矜細

則新曰召公專以盛滿爲戒故言大德九仞

行終累大德爲山九仞功虧一簣

大德細行之積也九仞一簣之積也

允迪茲生民保厥居惟乃世王

巢伯來朝芮伯作旅巢命

芮在馮翊臨晉縣一篇亡

周書

金縢第八

武王有疾周公作金縢

金縢之書緣周公而作非周公作也周公作金

縢策書爾

既克商二年王有疾弗豫

猶言不懌也

二公曰我其爲王穆卜

太公召公也穆敬也

周公曰未可以戚我先王

二公欲卜於廟周公曰王疾無害未可以憂我先王周公欲自以身禱故以此言拒二公

公乃自以爲功

功事也

爲三壇同墠

築土曰壇除地曰墠

爲壇於南方北面周公立焉植璧秉圭乃告太王

王季文王

植置也秉執圭

史乃册祝

史太史也册祝祝册也告神祝辭書之册以告

曰惟爾元孫某遘厲虐疾若爾三王是有丕子之

明新曰以旦代某之身不爲兄爲天下也即其誅管蔡亦與代武王同一心事蓋有益于天下可以代其死有害于天下可以殺之死聖人何心哉

責于天以旦代某之身

某發也丕壯大也言爾三王天必欲取其一壯大子孫者則旦亦丕子也可以代之

予仁若考能多材多藝能事鬼神乃元孫不若旦多材多藝不能事鬼神乃命于帝庭敷佑四方用能定爾子孫于下地四方之民罔不祗畏嗚呼無墜天之降寶命我先王亦永有依歸

我仁孝能順父祖且多材多藝于事鬼神爲宜乃元孫材藝不若旦而有人君德度留以王天

孫菴曰詩曰爾卜爾筮體無咎

下爲宜死生有可相代之理世多疑之予觀近世匹夫匹婦爲其父母發一至誠之心以動天地鬼神者多矣況周公乎且周公之禱非獨弟爲兄臣爲君也乃爲天下爲先王禱也上帝聽而從之無足疑者世之所以疑者以已之多僞而疑聖人之不情也

今我卽命于元龜爾之許我我其以璧爲珪歸俟爾命爾不許我我乃屏璧與珪乃卜三龜一習吉啓籥見書乃并是吉公曰體王其罔害予小子新

言正洪體字然曰予小子新受命于三王惟永終是圖然何等欣幸之至曰茲攸俟能念予一人然何等冀望之至

命于三王惟永終是圖

龜之兆吉凶也詳矣故許不許皆聽命于龜已而視龜之體知王之罔害已亦莫之代也故曰予受命于三王王之壽考長終可圖也

茲攸俟能念予一人

一人者指武王也武王臨天下未久人之念其德者尚淺周公憂其崩而或叛之故欲以身代既見三龜之吉知王之未崩天假之年以紹其德故曰此可以待天下之能念王也

則新曰此謂上下不致喧騰人心不至搖動也聖人之權智如此最當着眼

呂允口註云商人兄死弟立者多故疑周公又言管叔爲兄尤所覬覦恐未然

公歸乃納冊于金縢之匱中。

縢緘也。以金緘之。欲人之不發也。

王翼日乃瘳。武王既喪。管叔及其羣弟乃流言於國。

管叔鮮。武王弟也。羣弟。蔡叔度。霍叔處之流也。武王崩。成王幼。周公專國政。故羣叔疑而流言也。

曰公將不利于孺子。

成王也。

周公心事天下信之豈有親如管叔而疑之竊謂三叔不服亦本文王三分有二以服事殷之意謂周公處商未若文王之盡善恐頑民未服大難將作必將貽害于幼主故流言曰公將不利于孺子

周公乃告二公曰我之弗辟我無以告我先王

辟誅也管叔之當誅者挾殷以叛也

周公居東二年則罪人斯得

二年而後克明管蔡亦得衆也

于後公乃爲詩以貽王名之曰鴟鴞

豳詩鴟鴞惡鳥也破巢取卵以取管蔡之害王室及成王也

王亦未敢誚公

未敢誚明其心之疑也

則新曰假使四年之前周公不請武王不瘳二外流言更當何如耶始見周公之請為王業也非為兄也其誅管蔡也亦為王業也非為兄也

秋大熟未穫天大雷電以風禾盡偃大木斯拔邦人大恐王與大夫盡弁以啓金縢之書

皮弁也意當時占國休咎之書皆藏金縢故周公納册于此而成王遇災而懼亦啓此書也

乃得周公所自以爲功代武王之說二公及王乃問諸史與百執事對曰信噫公命我勿敢言王執書以泣曰其勿穆卜昔公勤勞王家惟予沖人弗及知今天動威以彰周公之德惟朕小子其新逆

自新且使人逆公公時尚在東也

又曰卜疾則瘳迎公則雨天人感應如聲取響

我國家禮亦宜之王出郊郊告謝罪也天乃雨反風雨降風回天意得而災乃解禾則盡起二公命邦人凡大木所偃盡起而築之歲則大熟大木既拔築之而復生此豈人力之所及哉予以是知天人之不相遠凡災異可以推知其所自五行傳未易盡廢也

子淵曰金縢言管叔而不及武庚止流言而未協武庚以叛也此言武庚則始叛而將討矣

周書

大誥第九

武王崩三監及淮夷叛周公相成王將黜殷作大誥

三監管蔡武庚淮夷徐奄之屬也

王若曰猷大誥爾多邦越爾御事

猷謀也越及也

弗弔天降割于我家不少延

天弗弔恤我降喪于我邦家不少延武王之命

洪惟我幼沖人嗣無疆大歷服弗造哲迪民康矧
曰其有能格知天命

服事也造至也大哉我幼沖人繼此大歷事也
我尚不能至於知人迪吉以安民者況能至于
知天命乎

巳予惟小子若涉淵水予惟往求朕攸濟

巳矣今予但求所濟而巳

敷賁敷前人受命茲不忘大功

賁飾也我之所敷者以飾敷前人受命而不忘

其功也

予不敢閉于天降威

天降威三監叛也天欲絶殷故使之叛也

用寧王遺我大寶龜紹天明即命

當時謂武王爲寧王以見其克殷寧天下也下文曰乃寧考知其爲武王舊說以爲文王非也曰前寧人者亦謂武王之舊臣也天降威于殷予不敢隱閉用武王所遺寶龜卜之所以繼天明而待命也

曰有大艱于西土西土人亦不靜

此龜所以告者也

越茲蠢

蠢動也及此三監果動

殷小腆誕敢紀其敘天降威知我國有疵民不康

曰予復反鄙我周邦

腆厚也殷少富厚乃敢紀其旣亡之敘蓋天降威亦其心知我國有三叔之疵而民不安故欲作難以鄙我周邦也

今蠢今翼日民獻有十夫予翼以于敉寧武圖功

獻賢也敉撫也四國蠢動之明日民之賢者有十夫來助我求往征四國撫循寧王之武事以圖功也周公之東征邦君卿士皆疑天下騷動而此十夫者至故周公喜之表其人以令天下漢高祖討陳豨至趙得四人皆封之千戶曰吾以羽檄徵天下兵未有一人至者吾何愛四千戶不以慰趙子弟乎此亦周公之意也

我有大事休朕卜并吉肆予告我友邦君越尹氏

又曰予小子成王自謂考翼措武王也謂封武庚任三叔事由武王也豈有人臣於君前自称曰小子称武王曰考翼耶

庶士御事曰予得吉卜予惟以爾庶邦于伐殷逋播臣爾庶邦君越庶士御事罔不反曰艱大民不靜亦惟在王宮邦君室越予小子考翼不可征王害不違卜

休美也尹正也官之表正也翼敬也害曷也詩曰害澣害否我事既美矣而我卜又吉故告爾以東征殷之叛臣今汝反曰難哉此大事也民之不靜亦惟在王與邦君之家及王之身考德敬事修已以正之不可征也王曷不違卜而用

人言乎。

肆予沖人永思艱曰嗚呼允蠢鰥寡哀哉予造天役遺大投艱于朕身越予沖人不卬自恤義爾邦君越爾多士尹氏御事綏予曰無毖于恤不可不成乃寧考圖功

卬我也毖畏也我聞汝衆言亦永思其難曰是行也信動鰥寡哀哉然予爲天子作天之役天實以大艱遺我故勉而從天非我自憂也爾衆人義當以言安我曰無畏此所憂之事惟當一

心以成汝寧考所圖之功今乃不然故深責之
也

巳予惟小子不敢替上帝命天休于寧王興我小
邦周寧王惟卜用克綏受茲命今天其相民矧亦
惟卜用嗚呼天明畏弼我丕丕基

巳矣予惟不敢替上帝命帝美寧王之德而興
周王惟用卜以安受帝命至于今天其猶助我
民況我亦用卜哉天所以動四國明威命者非
以困我欲輔成我大業也

王曰爾惟舊人爾丕克遠省爾知寧王若勤哉

王又特命久老之人逮事武王者曰爾嘗大省久遠爾知武王之勤勞若此也哉

天閟毖我成功所予不敢不極卒寧王圖事

閟閉也天所以閉塞艱礙我國者使我知畏而成功於此我其敢不盡力以終寧王所圖之事哉

肆予大化誘我友邦君

王告此舊人我已大化誘我友邦君無不從我

又曰寧王寧人或指前王通篇前後寧王寧人只一義無分君臣

矣。

天棐忱辭。其考我民。予曷其不于前寧人圖功攸終。

天既助我至誠之辭。其必考之於民以驗其實。我其可不與寧王之舊臣。圖功之所終乎。

天亦惟用勤毖我民。若有疾。予曷敢不于前寧人攸受休畢。

天所以勤勞憂畏我民者。使我日夜思念。如人有疾之不忘醫也。予其可不與前寧人同受休。

又曰日字應上昔字思字宜連下讀

終哉

王曰若昔朕其逝朕言艱日思

如我本意則昔者已往矣所以至今者以言艱而日思之也

若考作室旣底法厥子乃弗肯堂矧肯構

王以築室喻也父已準望高下程度廣狹以致法矣子乃不肯爲基矧肯構屋乎

厥父菑厥子乃弗肯播矧肯穫

王又以農喻也菑耕也播種也穫斂也

厥考翼其肯曰予有後弗棄基

父雖敬其事而子不繼其父其肯曰我有後不棄我基乎

肆予曷敢不越卬敉寧王大命

我其敢不及我身之存以撫循寧王之大命乎

若兄考乃有友伐厥子民養其勸弗救

養厥養也父兄而與朋友伐其子其家之民養當助父兄歟抑助其子歟其將相勸助其父兄弗救其子也今王與諸侯征伐四國如父兄與

又曰肆哉宜連下讀語詞也是過文

又曰十人還當指良獻十夫非亂臣十人也若亂臣則九人而已焉有十人以十人爲亂臣殊解語志不明快

朋友伐其子爾衆人孰當助乎
王曰嗚呼肆哉爾庶邦君越爾御事
肆過也過矣哉爾衆人也不助父而助子
爽邦由哲亦惟十人迪知上帝命
邦之明乃能用哲令十人歸我而不助彼則帝命可知矣
越天棐忱爾時罔敢易法矧今天降戾于周邦惟大艱人誕鄰胥伐于厥室爾亦不知天命不易
及天之方輔誠以助我爾時我猶不敢不畏法

又曰曷何不忍
何敢不尽用卜
敢不惟卜是從

度剏今天降戾使我大艱難之民與強大之鄰相伐于厥室鄰室相攻可謂急矣汝猶不知天命不易欲安而不問也

予永念曰天惟喪殷若穡夫予曷敢不終朕畝天使我喪殷若農夫之去草其敢不盡力乎

天亦惟休于前寧人予曷其極卜敢弗于從率寧人有指疆土剏今卜并吉肆朕誕以爾東征天命不僭卜陳惟若兹

方是時武王之舊臣皆欲從王征伐故王曰天

若欲休息此前寧人者予何敢盡用卜敢不從衆而止乎今寧人指我以疆埸所至不可坐受侵畧況今卜并吉是天欲征而不欲休也我其必往蓋卜之久矣陳久也盤庚大誥皆違衆自用者所以藉口也使盤庚不遷都周公不攝政天下豈有異議乎平居無事變亂先王之政而民不悅則以盤庚周公自比此王之所以作大誥也

周書

微子之命第十

成王既黜殷命殺武庚命微子啓代殷後作微子之命。王若曰猷殷王元子。惟稽古崇德象賢。

禮曰。繼世以立諸侯象賢也。用庶人之賢者不如用世家之賢者。民服也。

統承先王。脩其禮物。

用其正朔禮樂。使不失舊物也。

作賓于王家。

二王後客禮。

與國咸休永世無窮嗚呼乃祖成湯克齊聖廣淵

齊肅也史記生而徇齊

皇天眷佑誕受厥命撫民以寬除其邪虐功加于

時德垂後裔爾惟踐脩厥猷舊有令聞恪慎克孝

肅恭神人予嘉乃德曰篤不忘上帝時歆下民祗

協

予嘉乃德曰若厚而已帝且歆之民且歸之

庸建爾于上公尹茲東夏欽哉往敷乃訓慎乃服

命

服章命令也
率由典常以蕃王室弘乃烈祖
成湯也
律乃有民
律法也
永綏厥位毘予一人世世享德萬邦作式俾我有
周無斁嗚呼往哉惟休無替朕命
方武庚叛後而封微子微子蓋處可疑之地而
命之曰上帝時歆又曰弘乃烈祖又曰萬邦作

◎

式此三代之事後世所不能及也

唐叔得禾異畝同穎獻諸天子王命唐叔歸周公于東作歸禾

成王弟唐叔虞也禾各生一壟而合爲一穗

周公既得命禾旅天子之命作嘉禾

二篇亡

蘇書傳

東坡書傳卷第十二

周書

康誥第十一

成王旣伐管叔蔡叔以殷餘民封康叔作康誥酒誥梓材

康叔封文王子封爲衛侯

惟三月哉生魄周公初基作新大邑于東國洛四方民大和會侯甸男邦采衛百工播民和見士于周

百工百官也播民和布法也周禮正月之吉始
和布治于邦國都鄙諸侯來朝公行師從故見
士于周
周公咸勤
皆勞來之
乃洪大誥治
自惟三月哉生魄至此皆洛誥文當在洛誥周
公拜手稽首之前何以知之周公東征二年乃
克管蔡卽以殷餘民封康叔七年而復辟營洛

在復辟之歲皆經文明甚則封康叔之時決未營洛又此文終篇初不及營洛之事知簡編脫誤也

王若曰孟侯朕其弟小子封

孟長也康叔成王叔父而周公弟謂之孟侯則可謂之小子則不可且謂武王爲寡兄此豈成王之言蓋周公雖以王命命康叔而其實訓誥皆周公之言也故曰朕其弟小子封

惟乃丕顯考文王克明德愼罰不敢侮鰥寡庸庸

祇祇威威顯民

用可用敬可敬刑可刑以治顯人言敬鰥寡而

治彊禦也

用肇造我區夏越我一二邦以修我西土惟時怙

冒

怙恃也冒被也

聞于上帝帝休天乃大命文王殪戎殷

殪殺也戎殷比之戎虜也

誕受厥命越厥邦厥民惟時敘乃寡兄勗肆汝小

子封在茲東土
　民與國皆敘乃汝寡有之兄武王勗勉之力言
汝小子封承文武之澤乃得列爲諸侯也
王曰嗚呼封汝念哉今民將在祇遹乃文考紹聞
衣德言
　遹循也紹繼也衣服也繼其所聞而服行其德
言也
往敷求于殷先哲王用保乂民汝丕遠惟商耇成
人宅心知訓别求聞由古先哲王用康保民

攷九曰荀子引書云弘覆乎天若德裕乃身則此脫一覆字無疑

文王與殷先哲王及商耈成人之德皆遠而易法有以居邑而知訓矣則更求殷以前古先哲王之道以安民也

弘于天若德裕乃身不廢在王命

旣求古聖賢以弘大汝天性順成其德則汝身綽綽然有餘裕矣然終不廢用天子之法令此所謂雖有庇民之大德而有事君之小心也

王曰嗚呼小子封恫瘝乃身敬哉

恫痛也瘝疾也常若有疾痛在身不忘治也

子淵曰棐匪同見匡衡傳註又見韻會若訓輔則難通矣

又曰勉其不勉者順其不順者見左傳

又曰詩曰戎雖小子而式弘大

天畏棐忱民情大可見小人難保往盡乃心無康好逸豫乃其乂民

天威可畏也然可恃以安者輔誠也誠則天與之者可必矣民歸有道懷有德其情大畧可見也然不可恃以安者小人也故盡心于誠以求天輔不可好逸豫以遠小人也

我聞曰怨不在大亦不在小惠不惠懋不懋

怨無大小不順不勉皆足以致怨

已汝惟小子乃服惟弘王應保殷民亦惟助王宅

言所係大

了凡曰罪輕情重者存恤矜刑則情罪俱重者可知罪重情輕

天命作新民

服事也弘廣也應者觀民設教也作治也殷民衛之舊民也武庚之亂征伐之餘民流徙無常居故康叔之國有新民也新誅武庚故命康叔曰汝之事在廣天子之意觀民設教以保安殷民又當助王宅天命治新民也方三監叛周之初天命蓋岌岌矣黜殷而封康叔天命乃定

王曰嗚呼封敬明乃罰人有小罪非眚乃惟終自作不典式爾有厥罪小乃不可不殺乃有大罪非

◎

者在所必赦則情罪俱輕者可知

終乃惟眚災適爾旣道極厥辜時乃不可殺近時學者解此書其意以謂人有小罪非過眚也惟終成其惡非詿誤也乃惟自作不善原其情乃惟不以爾爲典式是人當殺之無赦乃有大罪非能終成其惡也乃惟過眚原其情乃惟適爾非敢不以爾爲典式也是人當赦之不可殺信如此言周公虐刑殺非死罪且教康叔以人之向背以爲喜怒而出入其生死也法當死原情以生之可也法不當死而原情以殺之可

乎情之輕重寄於有司之手則人人可殺矣雖大無道嗜殺人之君不立此法而謂周公爲之歟吾嘗問之知法者曰此假設法也周公設爲甲乙二人皆犯死罪而議其輕重也甲之罪小於乙之謂也非謂其罪不至死也然其罪乃非眚災而惟終之乃惟自作不法而曰法固當爾如是者當據法殺之不可讞也乙之罪雖大然非終之者乃惟眚災適爾適爾者適會其如此也是則眞可讞也末世法壞違經背禮然終無

許有司論殺小罪之法況使諸侯自以向背爲喜怒而專殺非死罪者歟以今世之法考之謀殺已傷雖未殺皆死雖未傷而置人于必死之地亦死鬬殺故殺雖已殺而情可憫者讞過失殺雖已殺皆贖夫以未傷未殺而皆云既殺豈非小罪殺而大罪赦乎豈可以非死罪爲不罪也所謂既道極辜者是人之罪重情輕盡道以責備則信有大罪矣而以常情恕之則不可殺孟子曰夫謂非其有而取之爲盜者是充類至

義之盡也夫充類至義則書之所謂盡道也子
恐後世好殺者以周公爲口實故具論之
王曰嗚呼封有序
如此則刑有序也
時乃大明服
春秋傳曰乃大明服已則不明而殺人以逞不
亦難乎
惟民其勑懋和
勑正也

若有疾惟民其畢棄咎若保赤子惟民其康又非汝封刑人殺人

刑人殺人者法也非汝意也

無或刑人殺人非汝封

雖非汝意然生殺必聽汝不可使在人也

又曰劓刵人無或劓刵人

劓割鼻刵割耳也言非獨生殺也劓刵亦如此

其文畧蓋因前之辭也

王曰外事汝陳時臬

子淵曰司家當連上讀臬司疏之臬司下文臬事

德爲內政爲外臬闑也凡政事汝當陳此法以爲限節也

司師茲殷罰有倫

司專也專司此則殷罰有倫矣

又曰要囚服念五六日至于旬時丕蔽要囚

要獄辭也服念至旬日爲囚求生道也求之旬日而終無生道乃可殺

王曰汝陳時臬事罰蔽殷彝

汝陳此以限節事罰以蔽殷之常法也

用其義刑義殺勿庸以次汝封
次就也
乃汝盡遜曰時敘惟曰未有遜事
常自以爲不足也
巳汝惟小子未其有若汝封之心朕心朕德惟乃
知
將有以深告之故言我與汝相知如此
凡民自得罪寇攘姦宄殺越人于貨暋不畏死
越顛越也暋强也

子淵曰此言人臣之犯法

罔弗憝

憝惡也人無不惡之者

王曰封元惡大憝矧惟不孝不友子弗祇服厥父事大傷厥考心于父不能字厥子乃疾厥子于弟弗念天顯乃弗克恭厥兄兄亦不念鞠子哀大不友于弟惟弔茲不于我政人得罪天惟與我民彝大泯亂曰乃其速由文王作罰刑茲無赦不率大戛

商紂之後三監之世殷人之父子兄弟以相賊

虐爲俗周公之意蓋曰孝友民之天性也不孝不友必有以使之子弟固有罪矣而父兄獨無過乎故曰凡民有自棄於姦宄者此固爲元惡大憝矣政刑之所治也至于父子兄弟相與爲逆亂則治之當有道不可與寇攘同法我將誨其子曰汝不服父事豈不大傷父心又誨其父曰此非汝子乎何疾之深也又誨其弟曰長幼天命也其可不順又誨其兄曰此汝弟也獨不念先父母鞠養劬勞之哀乎人非木石禽犢稍

假以日月須其善心油然而生未有不爲君子也我獨弔閔此人不幸而得罪於三監之世不得罪于我政人之手天與我民五常之性而吏不知訓以大泯亂乃追而慼之曰乃其速由文王作罰刑玆無赦則民將辟罪不暇而父子兄弟益相忿疾至于賊殺而已後雖大戞擊痛傷之民不率也舜命契爲司徒曰敬敷五教在寬寬之言緩也五教所以復其天性當緩而不當速也

矧惟外庶子訓人

禮曰庶子之正于公族者教之以孝弟睦友子愛明父子之義長幼之序言治之以峻急雖國君不能況庶子乎

惟厥正人越小臣諸節

正人官長也諸節諸有符節之吏也

乃别播敷造民大譽弗念弗庸瘝厥君時乃引惡

惟朕憝

汝既不由此道諸臣等又各出私意以布教令

又曰此戒康叔
自身

要一切之譽不念人之不庸以病厥君如是長
惡我亦惡之矣
已汝乃其速由茲義率殺亦惟君惟長不能厥家
人
汝若速用此道以率民民不率則殺之乃是汝
爲人君長而不能治其家人也
越厥小臣外正惟威惟虐大放王命乃非德用乂
至于小臣皆爲威虐放棄王命此速由茲義率
殺之致也

又曰此武王自嚴厥身

汝亦罔不克敬典乃由裕民惟文王之敬忌乃裕民曰我惟有及則予一人以懌

居敬而行寬裕先法文王之所敬畏乃裕民曰我惟有及緩之至也欲速者惟恐不及

王曰封爽惟民迪吉康

明哉民之迪于吉且安也

我時其惟殷先哲王德用康乂民作求

作求者爲民所求也王弼曰無者求有有者求不求所與危者求安安者不求所保火有其炎寒

者附之已苟安焉則不寧方來矣是之謂作求
矧今民罔迪不適不迪則罔政在厥邦
適從也矧今民無有道之而不從者若聽其所
爲而莫之道則是民爲政也
王曰封予惟不可不監告汝德之説于罰之行
德有説説者其理之謂也易曰和順于道德而
理于義作德而不知其所以然之理則其德若
假貸然非已有也已且不能有安能移諸人此
罰所以不行也

今惟民不靜未戾厥心迪屢未同爽惟天其罰殛我我其不怨惟厥罪無在大亦無在多矧曰其尚顯聞于天

同從也戾止也今殷民不靜其心無所止戾道之而屢不從者罪在我也天其罰殛我明矣我其敢怨無曰我無罪罪豈在大與多乎言行之失毫釐爲千里況其顯聞于天者乎

王曰嗚呼封敬哉無作怨勿用非謀非彝蔽時忱丕則敏德

兮九曰心欲入
無常全要寧謐
故曰康德原固
有貴廻光返照
故曰顧諟用刑
則狹小用德則
匹大故曰遠

非謀不與衆謀者也非彝非故常者也非謀非
彝事之危疑者也恍言所信者也汝當以所信
者決危疑不當以危疑決所信也
用康乃心顧乃德遠乃猷裕乃以民寧不汝瑕殄
汝惟寬裕則民安不汝瑕疵亦不汝遠絶也
王曰嗚呼肆汝小子封惟命不于常汝念哉無我
殄享
無自絶天享也
明乃服命

明汝車服教令

高乃聽

聽于先王爲高

用康乂民王若曰往哉封勿替敬典聽朕告汝乃

以殷民世享

周書

酒誥第十二

王若曰明大命于妹邦

妹沬也詩所謂沬之鄉矣在朝歌以北俗化紂

德洗湎于酒故以酒戒

乃穆考文王

文王于世次爲穆

肇國在西土厥誥毖庶邦庶士越少正御事

少正官之副貳也

朝夕曰祀兹酒

朝夕敕之惟祭祀則用酒

惟天降命肇我民惟元祀

酒行于天下非小物細故也故本之天天始令

子淵曰泛言不指人

民知作酒者本爲祭祀而已

天降威我民用大亂喪德亦罔非酒惟行越小大邦用喪亦罔非酒惟辜文王誥教小子有正有事無彝酒

彝常也有正有所繩治也有事有所典作也有正有事無常酒容其飲于燕間也

越庶國飲惟祀德將無醉

因祭賜胙乃飲猶曰以德自將無醉也

惟曰我民迪小子惟土物愛厥心臧聰聽祖考之

又曰洗腆句結工

又曰章法精嚴整飭

彝訓越小大德小子惟一妹土嗣爾股肱純其藝黍稷奔走事厥考厥長肇牽車牛遠服賈用孝養厥父母厥父母慶自洗腆致用酒庶士有正越庶伯君子其爾典聽朕教爾大克羞耇惟君爾乃飲食醉飽丕惟曰爾克永觀省作稽中德爾尚克羞饋祀爾乃自介用逸茲乃允惟王正事之臣茲亦惟天若元德永不忘在王家

純大也純其藝黍稷者大修農事也洗腆逸樂之狀也羞進也羞耇惟君者猶曰寡君之老也

介副也惟曰我民迪于小子之教懷土安居嗇于用物其心無惡以聽祖考之訓小大上下德我小子如一如妹土之民皆竭其股肱之力以繼其上之事或大修農事或遠服商賈以養父母父母洗腆自慶則汝民可以飲食醉飽也汝小子封能自觀省作稽中德常有則于內以察物至又有耆老賢臣可以代汝進饋于廟者則汝亦可以此人自副而休逸飲食醉飽如此則汝小子乃爲王正事之臣亦爲天所順于元德

象菴曰此以下
通著截聞字見
此歷歷耳目所
睹記爲世之勸

之君永世不忘矣飲酒人情之所不免禁而絕之雖聖人有所不能故獨戒其沈湎之禍而開其德飲之樂則其法不廢聖人之禁人也蓋如此

王曰封我西土棐徂邦君御事小子尚克用文王教不腆于酒

祖往也我西土邦君輔武王同往伐紂者下至于其御事小子皆用文王教不腆于酒

故我至于今克受殷之命王曰封我聞惟曰在昔

是亦然也
子淵曰通下二
章皆說殷先王
又曰叙先王時
如此

殷先哲王迪畏天顯小民經德秉哲自成湯咸至于帝乙成王畏相惟御事厥棐有恭不敢自暇自逸矧曰其敢崇飲越在外服侯甸男衛邦伯越在内服百僚庶尹惟亞惟服宗工越百姓里居罔敢湎于酒不惟不敢亦不暇惟助成王德顯越尹人祗辟

崇聚也宗工大臣也我聞惟曰殷之先王畏天道顯民德常德秉哲自成湯太甲太戊祖乙盤庚武丁帝乙七王皆成德之王皆畏敬其輔相

又曰此說殷不
憚煩
予允曰自酣身
辠無懼與強畏
小民相反自弗
惟德辠在上與

至于御事之臣所以輔王者皆恭敬不敢暇逸況敢聚飲至于外服諸侯内服百僚皆服事其大臣至于百姓大族居于閭里者皆不湎于酒不惟不敢亦不暇惟以助王之顯民德及以助庶尹之祗厥辟也

我聞亦惟曰在今後嗣王酣身厥命罔顯于民祗保越怨不易誕惟厥縱淫泆于非彝用燕喪威儀民罔不盡傷心惟荒腆于酒不惟自息乃逸厥心疾很不克畏死辜在商邑越殷國滅無罹弗惟德

廸畏天顯相反

馨香祀登聞于天誕惟民怨庶羣自酒腥聞在上故天降喪于殷罔愛于殷惟逸天非虐惟民自速辜

今後嗣王紂也祇適也盡痛也紂酣樂其身命令不下行于民本以求慢易之樂也然其得適足以爲怨仇之保未嘗樂易也紂燕喪其威儀望之不似人君民莫不痛其將亡也而猶荒湎不少休息其心爲酒所使忿疾彊很不復畏死不醉而怒曰奰明醉者常怒也國君醉則殺人

士庶人則相殺明酒之能使人怒也紂之怒至於殺其身而不畏惟多罪逋逃萃于商邑上下沈湎及殷之滅此等皆無罹乎言與紂俱死也天不聞明德之馨但聞刑戮之腥故天之降喪于殷無所愛戀者皆以其逸耳非天之虐殷人自速其辜也

王曰封予不惟若茲多誥古人有言曰人無于水監當于人監今惟殷墜厥命我其可不大監撫于時

子淵曰此處章法一氣發下如一句然妙妙

刁九曰三矧字一節深一節

撫安也

予惟曰汝劼毖殷獻臣侯甸男衛

劼固也堅固汝心敬畏殷賢臣之在侯甸男衛者

矧大史友内史友

當時二賢臣封所友者

越獻臣百宗工

及汝之賢臣與凡大臣百執也

矧惟爾事服休服采

休德也采事也服休以德爲事者也服采以事爲事者也

矧惟若疇圻父

疇誰也司馬主封圻曰圻父所以訶問寇敵者

賈誼曰陳利兵而誰何

薄違農父

薄近也違去也司徒訓農敷五教曰農父去民最近也

若保宏父

保安也宏大也司空斥大都邑曰宏父以保安

民居者

定辟

諸矦以定位爲難故春秋傳曰厚問定君于石

子又秦伯謂晉惠公入而未定列故周公戒康

叔敬畏衆賢士以定位也

矧汝剛制于酒

酒非剛者不能制

厥或誥曰羣飲汝勿佚盡執拘以歸于周予其殺

予其殺者未必殺也猶今法曰當斬者皆具獄以待命不必死也然必立死法者欲人畏而不敢犯也羣飲蓋亦當時之法有羣聚飲酒謀爲大姦者其詳不可得而聞矣如今之法有曰夜聚曉散者皆死罪蓋聚而爲妖逆者也使後世不知其詳而徒聞其名凡民夜相過者輒殺之可乎舊說以爲羣飲者周人則殺之殷人則勿殺也民同犯一罪而殺其一不殺其一周人其肯服乎民羣飲則死公卿大夫羣飲可不誅乎

不誅吏則無以禁民吏民皆誅則桀紂之虐不至于此矣皆事之必不然者予不可以不論

又惟殷之迪諸臣惟工乃湎于酒勿庸殺之姑惟教之有斯明享乃不用我教辭惟我一人弗恤弗蠲乃事時同于殺

此謂凡湎于酒而不爲他大姦者也不擇殷周而周公特言殷者蓋爲妹邦化紂之德諸臣百工皆沉湎而況民乎故凡湎于酒者皆可赦不可殺不分殷周也有斯明享者哀敬之意達于

子允曰上言臣之罪輕于民故待臣必寬于民此言民之治由于臣故教民當先于臣

民如達于神也如此豈復有不用命者乎若我初不知恤此不潔治其事則是陷民于死同于我殺之也

王曰封汝典聽朕毖勿辯乃司民湎于酒

禁之難行者莫若酒周公憂之深矣故卒告之曰汝既常聽用我所畏慎者又當專建一司以察沉湎若以泛責羣吏而不辯其司禁必不行矣或曰自漢武帝以來至于今皆有酒禁刑者有至流賞或不貲未嘗以少縱而私釀終不能

絶也周公獨何以禁之曰周公無所利于酒也以正民德而已甲乙皆答其子甲之子服乙之子不服何也甲答其子而責之學乙答其子而奪之食此周公所以能禁酒也

則新曰武王命康叔而持以達大家言何蓋商之故都大家爲多又受惡所染所以達大家爲重

東坡書傳卷第十三

周書

梓材第十三

王曰封以厥庶民暨厥臣達大家以厥臣達王惟邦君

大家者如晉六卿魯三桓齊諸田楚昭屈景之類此晉魯齊楚之所恃以爲骨幹者無之則無以爲國也故曰季氏亡則魯不昌然其擅威福竊國命則有之矣古者國君馭此爲難孟子所

又曰此正所謂以厥臣也三卿尹旅皆有用刑之責故示以罔

謂不得罪罪于巨室者周公教康叔曰汝上不得罪于王下不得罪於巨室則國安矣人君多疾惡于巨室所惡于巨室者惡其危國也周公曰無庸疾也汝得民與臣而國自安巨室何爲乎故曰以厥庶民暨厥臣達大家以厥臣達王上下情通謂之達以爾臣民之心達大家之心以爾賢臣聘于周以達王心而國安矣

汝若恒越曰我有師師司徒司馬司空尹旅曰予罔厲殺人亦厥君先敬勞肆徂厥敬勞肆往姦宄

屬殺人然言敎
必須身敎故又
言亦厥君先敬
勞云
又曰王啟監以
下此便是以厥
民工夫

殺人歷人宥肆亦見厥君事戕敗人宥王啓監厥亂爲民曰無胥戕無胥虐至于敬寡至于屬婦合由以容王其效邦君越御事厥命曷以引養引恬自古王若茲監罔攸辟

自此以下文多不類古今解者皆隨文附致不厭人情當以意求之乃得蓋當時衛有大家得罪于衛當誅而未決者周公之意以謂新殺武庚管叔刑不可遂故敎康叔以和緩治之越及也汝當晏然如平常時及曰此我之官師相師

不可去也以至于三卿之正長及其旅上亦皆曰我非危殺人者也君臣皆爲寬辟以逸罪人使亡也此大家之長先爲國君之所敬勞今雖有罪未可殺也當徂此敬勞者而已蓋使之去國也然後治其餘黨亦不可盡法也往者流也肆徃姦宄殺人歷人宥者謂以流宥五刑也歷人者罪人之所過律所謂知情藏匿貲給者此殺人與歷人皆以流宥之也肆亦見厥君事戕敗人宥者傷毀人四肢面目漢律所謂疻也是

人因爲君幹事而瘝傷人者可以直宥也于是
王乃啓監厥亂爲民而寬慰之曰無相戕無相
虐王又收恤此大家破亡之餘而鎮撫之禮敬
其鰥寡比次其婦女使共由此道以相容也至
矣王之仁也邦君御事所當則傚其命令當何
所用乎亦用此而已亂生于激事不小忍而求
速決則釁故横生靡所不至小引延之人静而
亂自衰使相容養以至恬安是謂引養引恬古
我先王未有不順此者監無所用殺也

用修曰丹丘之山產丹青丘之山產雘

惟曰若稽田既勤敷菑惟其陳脩爲厥疆畎

稽考也敷治也菑去草棘也陳脩脩舊也疆畔也畎壟也

若作室家既勤垣墉惟其塗塈茨

塗塈墐飾之也茨苫蓋也

若作梓材既勤樸斲惟其塗丹雘

梓良材可爲器者丹雘膠漆五采也田既敷菑室既垣墉器既樸斲則當因舊守成而潤色之不當復有所建立除治也以言康叔既已立國

定位不當復有所斬艾翦削也

今王惟曰先王既勤用明德懷爲夾

夾近也懷遠爲近也

庶邦享作兄弟方來亦既用明德

享朝享也王謂諸侯爲兄弟凡言用德者皆謂不用刑也

后式典集庶邦丕享

后今王也亦用此常道以集天下也

皇天既付中國民越厥疆土于先王

此言專言王惟不殺則子孫萬年享國故以天付爲言

肆王惟德用和懌先後迷民

民迷失道故先後之

用懌先王受命

不惟以悅民心亦以悅天命也

已若兹監惟曰欲至于萬年惟王子子孫孫永保民

大誥康誥酒誥梓材其文皆奧雅非世俗所能

則新曰讀此篇文字斷斷續續真是古色紛披可愛可玩作脫簡可不作脫簡亦可

道學者見其書紛然若有殺罰之言因爲之說曰康誥所戒大抵先言殺罰蓋衛地服紂成俗小人衆多所以治之先後緩急當如此予詳考四篇之文雖古語淵懿然皆粲有條理反覆丁寧以殺爲戒以不殺爲德此易所謂聰明睿智神武而不殺者故周有天下八百餘年後之王者以不殺享國以好殺殃其身及其子孫者多一天人之際有不可盡知者至于殺不殺之報一一若符契可見也而世主不以爲監小人又

或附會六經醞釀鐫鑿以勸之殺悲夫殆哉唐末五代之亂殺人如飲食周太祖叛漢漢隱帝使開封尹劉銖屠其家百口太祖旣克京師夜召其故人知星者趙延義問漢祚所以短促者延義答曰漢本未亡以刑殺冤濫故不及期而滅時太祖方以兵圍銖及蘇逢吉第且且滅其族聞延義言矍然貸之誅止其身予讀至此未嘗不流涕太息故表其事于書傳以救世云

召誥第十四

成王在豐

文王都豐豐在京兆郭縣東

欲宅洛邑使召公先相宅作召誥

武王克商遷九鼎于洛則已有都洛之意而周公成王成之且以殷餘頑民爲憂故營洛而遷焉太史公曰洛邑武王營之成王使召公卜居居九鼎焉而周復都豐鎬至犬戎敗幽王周乃東遷洛邑所謂周葬于畢在郭東南社昆明成

用修曰大夫不徒行也王何以步也黃公紹曰步步輦也謂人荷而行不駕馬也茲說吾取之

王雖營洛而不遷都蓋嘗因巡狩而朝諸侯于洛邑云

惟二月既望越六日乙未王朝步自周則至于豐

王自鎬至豐以營洛之事告文王廟鄗在上林昆明北有鎬池去豐二十五里

惟太保先周公相宅越若來三月惟丙午朏

朏明也月二日明生之名

越三日戊申太保朝至于洛卜宅厥既得卜則經營越三日庚戌太保乃以庶殷攻位于洛汭越五

日甲寅位成
庶殷凡殷民也位朝市宗廟郊社之位洛汭洛水北
若翼日乙卯周公朝至于洛則達觀于新邑營
徧觀所營也
越三日丁巳用牲于郊牛二
帝及配者各一牛
越翼日戊午乃社于新邑牛一羊一豕一
用太牢也

子凡曰四方民大和會而獨言殷庶著其難也厥邦家君咸在而獨命邦伯統于尊也

越七日甲子周公乃朝用書命庶殷侯甸男邦伯

春秋傳曰士彌牟營成周計丈數揣高卑度厚薄仞溝洫物土方議遠邇量事期計徒庸慮財用書餱糧以令役于諸侯屬役賦丈書以授帥而效諸劉子此之謂書

厥既命殷庶庶殷丕作

言殷人悅而聽命也

太保乃以庶邦冢君出取幣乃復入錫周公曰拜手稽首旅王若公

子淵曰誥告庶殷越自乃御事即後章先服殷御及豕周御事也

旅讀如庭實旅百之旅諸侯之幣旅王而及公者尊周公也

誥告庶殷越自乃御事嗚呼皇天上帝改厥元子兹大國殷之命惟王受命無疆惟休亦無疆惟恤嗚呼曷其柰何弗敬

庶殷諸侯皆在故召公託爲遜辭曰誥告汝御事以下也言殷嘗以元子嗣位而帝改其命以授周今王受命雖無疆之福亦無疆之憂其可不敬乎

又曰厥終云云言其後則不貽也

天既遐終大邦殷之命兹殷多先哲王在天越厥後王後民兹服厥命厥終智藏瘝在夫知保抱攜持厥婦子以哀籲天徂厥亡出執嗚呼天亦哀于四方民其眷命用懋王其疾敬德

此所謂無疆之憂也殷雖滅其先哲王固在天也其後王後民至于今兹猶服用其福祿其心終不忘報怨以復國也如武庚蓄謀以伺隙者多矣其智藏于中其病則在也夫夫人也猶曰人人也各抱持其婦子以哀痛呼天徂往其逃

亡解出其囚執以叛我者蓋有之矣王其其可不大畏乎天其哀我民其亦眷命于勉德者王其速敬德定天命也召公之誥王也庶殷皆在而出此言亦如微子之命有上帝時歆萬邦作式之語古之人無所忌諱忠厚之至也

相古先民有夏天迪從子保面稽天若今時既墜厥命今相有殷天迪格保面稽天若今時既墜厥命今沖子嗣則無遺壽耇曰其稽我古人之德矧曰其有能稽謀自天

子淵曰諴和也咸和小民以成今之休美而不可後也

從子與子也堯舜與賢禹與子面嚮也言我觀夏殷之世天之迪夏也迪其與子而保安之其迪殷也迪其能用伊尹格天之臣而保安之夏殷之哲王皆能嚮天之所順以考其意而其後王皆以失道而墜厥命矣今王其無棄老成人以考古人之德況能搏謀于衆以求天心乎

嗚呼有王雖小元子哉其丕能諴于小民今休

王雖幼周之元子也其大能以諴感民矣當及今休其德

用修曰嵒徐咸切僭也孔曰嵒即巖也參差不齊之義故為僭也

王不敢後

王疾敬德不肯遲也

用顧畏于民嵒

嵒險也民猶水也水能載舟亦能覆舟物無險于民者矣

王來紹上帝自服于土中

服事也洛邑爲天下中

旦曰其作大邑其自時配皇天毖祀于上下其自時中乂王厥有成命治民今休王先服殷御事比

子淵曰節性自己身而言即下敬德也

介于我有周御事節性惟日其邁王敬作所不可不敬德

王能訓服殷之御事使比附介副于我周御事矣又當節文殷人之善性使日進于善作所者所作政事也既敬其事又敬其德則至矣

我不可不監于有夏亦不可不監于有殷我不敢知曰有夏服天命惟有歷年我不敢知曰不其延惟不敬厥德乃早墜厥命我不敢知曰有殷受天命惟有歷年我不敢知曰不其延惟不敬厥德乃

又曰此結上節
了九曰召誥一篇初段終于沖子又從沖子生出第二段二段終于初服又從初服生出第三段意若貫珠
子淵曰自貽哲命主君說
又曰宅新邑三字連上句肆字

早墜厥命今王嗣受厥命我亦惟茲二國命嗣若功

召公恐成王恃天命以自安故又戒之曰夏殷之所以多歷年與其所以不永延者其受天命皆非我所敢知也所知者惟不敬德以墜厥命也今王亦監此二國修人事而已功事也

王乃初服嗚呼若生子罔不在厥初生自貽哲命

習于上則智習于下則愚

今天其命哲命吉凶命歷年知今我初服宅新邑

旅過次

又曰若有功若語辭以治民爲有功也應前嗣若功

肆惟王其疾敬德。王其德之用，祈天永命。

惟德是用，不用刑也。

其惟王勿以小民淫用非彝，亦敢殄戮用乂民，若有功。其惟王位在德元，小民乃惟刑用于天下，越王顯。

古今說者，皆謂召公戒王過用非常之法，又勸王亦須果敢殄滅殺戮以爲治。嗚呼！殄滅殺戮，桀紂之事。桀紂猶有所不果，而召公乃勸王使果于殄戮而無疑。嗚呼！儒者之叛道，一至于此哉皐陶曰與其殺不辜寧失不經人主之用刑憂其不愼不憂其不果也憂其殺不辜不憂其失不經也今召公方戒王以愼罰言未終而又勸王以果于殄戮則皐陶不當戒舜以寧失不經乎季康子問孔子曰如殺無道就有道何如孔子曰子爲政焉用殺子欲善而民善矣君子之德風小人之德草草上之風必偃夫殺無道以就有道爲政者之所不免其言蓋未爲過也而孔子惡之如此惡其恃殺以爲政也今予詳

考召公之言本不如說者之意蓋曰王勿以小民過用非法之故亦敢于法外殄戮以治之民自用非法我自用法民自過我自不過稱罪作刑而已民之有過罪實在我及其有功則王亦有德何也王之位民德之先倡也如此則法用于天下王亦顯矣兵固不可弭也而佳兵者必亂刑固不可廢也而恃刑者必亡痛召公之意爲俗儒所誣以啓後世之虐政故具論之

上下勤恤其曰我受天命丕若有夏歷年式勿替

則新曰讐民二字煞有警醒
又曰惟恭二句找轉敢不敢意甚緊

有殷歷年欲王以小民受天永命
　君臣一心以勤恤民庶幾王受命歷年如夏殷
　且以民心爲天命也
拜手稽首曰予小臣敢以王之讐民百君子越友
民保受王威命明德王末有成命王亦顯我非敢
勤惟恭奉幣用供王能祈天永命
　庶殷雖以丕作召公憂其間尚有反側自疑者
　故因其大和會而協同之讐民殷之頑民與三
　監叛者友民周民也百君子者殷周之賢士大

夫也自今以往殷人周人與百君子皆保受王之威德王當終永天命以顯于後世我非敢以此爲勤勞也奉幣贊王祈天永命而已

周書

洛誥第十五

召公旣相宅周公往營成周使來告卜作洛誥

周人謂洛爲成周謂鎬爲宗周此下有脫簡在康誥自惟三月哉生魄至洪大誥治下屬周公拜手稽首之文

又曰如弗敢及四字最妙此即文王罔敢知之家法

周公拜手稽首曰朕復子明辟

周公雖不居位稱王然實行王事至此歸政則成王之德始明于天下故曰復子明辟曰子者叔父家人之辭

王如弗敢及天基命定命予乃胤保大相東土其基作民明辟

基始也周公以營洛爲定天命何也易曰渙亨王假有廟言天下方渙散而王乃有宗廟則民心一方漢之初定蕭何築未央宫東闕北闕武

孚允曰按召誥召公得卜而經營即此卜是也周公以為我卜者二公同心召公之卜即周公之卜也

庳宮室極壯麗亦所以示天下不渝而定民心也周公言我欲歸政久矣王之意若有所不敢及天命之始而定命者我所以少留嗣行保佑之事以卒營洛之功爲復辟之始也

予惟乙卯朝至于洛師我卜河朔黎水今河朔黎陽也周公營東都本以處殷餘民民懷土重遷故以都河朔爲近便卜不吉然後卜洛也

我乃卜澗水東瀍水西惟洛食我又卜瀍水東亦

惟洛食

卜必以墨墨食乃兆蓋有龜不兆者

伻來以圖及獻卜

伻使也

王拜手稽首曰公不敢不敬天之休來相宅其作周匹休公既定宅伻來來視予卜休恒吉我二人共貞公其以予萬億年敬天之休拜手稽首誨言

周公歸政王未敢當欲與周公共政若二君然故曰作周匹休再卜皆吉我二人當共正天下

則新曰按王安石配享爲宋政亂小人假紹述以濟其私豈不燄燄攸灼知非

也。

周公曰。王肇稱殷禮。祀于新邑。咸秩無文。

稱。舉也。殷禮。盛禮也。雖不在祀典者。皆次秩而祭之。

予齊百工。伻從王于周。予惟曰庶有事。今王即命曰。記功宗。以功作元祀。惟命曰。汝受命篤弼。丕視功載。乃汝其悉自教工。孺子其朋。孺子其朋。其往無若火始燄燄。厥攸灼。敘弗其絕。厥若彝及撫事如予。惟以在周工往新邑。伻嚮即有僚。明作有功

惇大成裕汝永有辭

成王欲與周公共政如二君周公不可曰汝用我言足矣我整齊百官使從汝于周者將使辦事也今王肇稱盛禮祀于新邑且命我曰記功臣之尊者使列于祭祀又命曰汝受命厚輔我其重且嚴如此今我大閱視爾功賞載籍而所用者乃汝自受教之官皆汝私人非我所齊百工也于是周公乃訓責成王曰孺子其有黨乎自今以往孺子其以黨爲政乎此雖小過如火

始作不卽撲滅則其所灼爍者漸不可絕矣自
今以往凡處彝常及有所鎭撫之事當如我爲
政時惟用周官勿參以私人今在新邑使人有
所嚮往皆當卽用舊僚而明作其有功者惇大
汝心裕廣汝德勿牽于私昵則汝永有辭于天
下矣
公曰巳汝惟沖子惟終汝其敬識百辟享亦識其
有不享享多儀儀不及物惟曰不享惟不役志于
享凡民惟曰不享惟事其爽侮

享朝享也儀不及物與不朝同爽失也禮失而人慢也小人以賄說人必簡于禮故孔子曰獨飽于少施氏者遠小人也周公戒成王責諸侯以禮不以幣恐其役志于物而不役志于禮則諸侯慢而王室輕矣此治亂之本故周公特言之春秋傳曰晉趙文子爲政薄諸侯之幣而重其禮謂魯穆叔曰自今以往兵其少弭矣夫以列國之卿輕幣重禮猶足以弭兵王而好賄則其致寇也必矣唐之衰君相皆可以賄取方鎮

爭貢羨餘行苞苴而天子始失政以至于亡周

公之戒至矣哉

乃惟孺子頒朕

徒以高爵厚祿賜我而已

不暇聽朕教汝于棐民彝

曾不暇聽我教汝輔民之常道也

汝乃是不蘉乃時惟不永哉

蘉勉也成王曰公其以予億萬年公答以永年

之道如此則不永也

又曰公無他囑
只是一个敬以
裕民

篤敘乃正父罔不若予不敢廢乃命

正父諸正國之老如圻父農父宏父之類

汝往敬哉茲予其明農哉彼裕我民無遠用戾

勸王修農事者民有餘裕則不去也我不裕民

而彼或裕之則無遠而逝矣

王若曰公明保予沖子公稱丕顯德以予小子揚

文武烈奉答天命和恒四方民

和恒常和也

居師

定民居也

惇宗將禮稱秩元祀咸秩無文

惇宗厚宗族也將禮秉禮也稱秩元祀舉大祀也

惟公德明光于上下勤施于四方旁作穆穆迓衡不迷文武勤教

迓衡導我于治平

予沖子夙夜毖祀

祭則我沖子政則周公

又曰總是畱之
之語

王曰公功棐迪篤

公之功輔我以道者厚矣

罔不若時王曰公與小子其退即辟于周命公後

成王許周公復辟之事曰我其退歸宗周而即辟焉今當命伯禽爲公後

四方迪亂未定于宗禮亦未克敉公功

方以道濟四方凡宗廟之禮所以鎮撫公之元勳者亦未定也成王蓋有賜周公以天子禮樂之意

迪將其後監我士師工。
惟以伯禽爲諸侯。以監臨我士民及庶官也。
誕保文武受民亂爲四輔。
保濟文武所受民。爲周四方之輔也。
王曰公定予往巳。
公留相我。我歸宗周矣。
公功肅將祗歡。
祗大也。公之功。肅將民心。大得其歡。
公無困哉。

去我則囿我也

我惟無斁其康事

不厭康民之事

公勿替刑四方其世享

刑儀刑也

周公拜手稽首曰王命予來承保乃文祖受命民

越乃光烈考武王弘朕恭

弘大成王之恭德

孺子來相宅其大惇典殷獻民

又曰王歸成周亦可說自時中乂況周公治洛即王之中乂何必罾王同治洛哉況成王既不遷治周公亦無

厚施典法于賢人

亂爲四方新辟作周恭先

後世言周之恭王者以成王爲先古之言恭者

甚盛德不敢居也詩曰自古在昔先民有作溫

恭朝夕執事有恪

曰其自時中乂萬邦咸休惟王有成績予旦以多

子越御事篤前人成烈答其師作周孚先

多子衆賢也後世言周之信臣者以周公爲先

也

畨之之理但説
王歸周我畨洛
作周恭先作周
孚先不可不各
自勉云

考朕昭子刑乃單文祖德

考我所以明子之法乃盡文王德也

伻來毖殷乃命寧予以秬鬯二卣曰明禮拜手稽

首休享

秬黑黍也鬯鬱金香草也卣中尊也以黑黍爲

酒合以鬱鬯所以祼也宗廟之禮莫盛于祼王

使人來戒飾庶殷且以秬鬯二卣綏寧周公拜

手稽首而致之公曰明禮曰休享者何也事周

公如神明也古者有大賔客以享禮禮之酒清

人渴而不飲肉乾人飢而不食也故享有體荐
豈非敬之至者則其禮如祭也歟

予不敢宿

周公不敢當此禮卽日致之文武不敢以王命
宿于家

則禋于文王武王惠篤敘無有遘自疾萬年厭于
乃德殷乃引考王伻殷乃承敘萬年其永觀朕子
懷德

周公以秬鬯二卣禋于文武且祝之曰使我國

家順厚以敍身其康彊無有遇疾子孫萬年厭飽乃德殷人亦永壽考王使殷人承敍萬年其永觀法我孺子而懷其德

戊辰王在新邑烝祭歲

是歲始冬烝于洛

文王騂牛一武王騂牛一

宗廟用太牢此云牛一者告立周公後加之周尚赤故騂牛

王命作冊逸祝冊惟告周公其後王賓殺禋咸格

王賓諸侯殺騂以禋諸侯咸格

王入太室祼

太室清廟中央室也祼以圭瓚酌秬鬯以灌地求神也

王命周公後作冊逸誥

前告神後告伯禽也

在十有二月惟周公誕保文武受命惟七年

了凡曰與云皆出于天正見其公也

東坡書傳卷第十四

周書

多士

成王命多士。周公傳之作多士。

惟三月周公初于新邑洛用告商王士。

始于三月冀王自遷也。商王士有殷民在。

王若曰爾殷遺多士。弗弔旻天大降喪于殷我有

周佑命。將天明威致王罰。

明威王罰一也。在天則明威。在人則王罰。

則新曰匹夫之志不可奪故曰秉又曰引逸二字絶妙人能思此終身受用不盡

勑殷命終于帝肆爾多士非我小國敢弋殷命惟天不畀允罔固亂弼我我其敢求位

勑正也不論勢而論理曰小國非有勝商之形曰非敢非有剪商之心

惟帝不畀惟我下民秉爲惟天明畏我聞曰上帝引逸

人心不異乎天心天心常導乎人心

有夏不適逸則惟帝降格嚮于時夏弗克庸帝大淫泆有辭惟時天罔念聞

又曰必言夏商者聖人之权智也雖非口實夏商定足以杜頑民之口

了凡曰罔敢失帝急微處操存此心配天澤民發用工廣大無際

順理則逸從欲則危雖有釋非之辭帝不聽也

厥惟廢元命降致罰乃命爾先祖成湯革夏俊民甸四方

甸治也

自成湯至于帝乙罔不明德恤祀亦惟天丕建保又有殷殷王亦罔敢失帝罔不配天其澤在今後嗣王誕罔顯于天矧曰其有聽念于先王勤家誕淫厥泆罔顧于天顯民祗惟時上帝不保降若茲大喪惟天不畀不明厥德凡四方小大邦喪罔非

又曰私意圖度不得謂之灵私意一毫未化不得謂之丕灵

有辭于罰。

言天不畀紂。使不明于德。凡小大邦爲紂所刑喪者。皆有辭于罰不暇也。

王若曰。爾殷多士。今惟我周王丕靈承帝事。

言我周文王武王。皆繼行大事。

有命曰。割殷。告敕于帝。

將有割殷之事。必先告正于天。而後行。曰將有大正于商是也。

惟我事不貳適。惟爾王家我適。

我有事于四方曷嘗有再舉而後定者乎故曰惟我事不貳適貳適再往也惟于伐殷則觀政而歸已而再往是我先王不忍滅商之意也故曰惟爾王家我適不申言貳適者因前之辭也予其曰惟爾洪無度我不爾動自乃邑予亦念天即于殷大戾肆不正

今三監叛予惟曰此乃汝大無法非予爾動變起于爾邑予亦念天命不可不征即於其首亂罪大者而誅之謂殺武庚管叔也肆不正者言

則新日言外有汝若率德改行

其餘不盡繩治也

王曰猷告爾多士予惟時其遷居西爾

洛邑在故殷西南

非我一人奉德不康寧時惟天命無違朕不敢有

後無我怨

既遷爾于洛乃安居無後命矣

惟爾知惟殷先人有冊有典殷革夏命

言湯之革夏其故事皆在典冊爾所知也

今爾又曰夏迪簡在王庭有服在百僚

我必如殷之于夏上迪簡王庭有服百僚之意此亦叔智也

夏臣之有道者。湯皆選用爲近臣。在王庭。其可以任事者。則爲百僚。而今不然。以爲怨

予一人惟聽用德。肆予敢求爾于天邑商

我知用德而已。爾乃與三監叛。我豈敢求爾於商邑而用之乎。

予惟率肆矜爾。

循湯故事而矜赦汝則可

非予罪。時惟天命。王曰多士。昔朕來自奄。予大降爾四國民命。我乃明致天罰。移爾遐逖。比事臣我

宗多遜
東征誅三監及奄遷四國民于遠當此時爾協
比以事我宗臣多遜不違也
王曰告爾殷多士今予惟不爾殺予惟時命有申
今朕作大邑于茲洛予惟四方罔攸賓亦惟爾多
士攸服奔走臣我多遜
我惟不忍爾殺故申明此命爾我所以營洛者
以四方諸侯至而無所容亦爲爾等服事奔走
臣我多遜而無所居故也

又曰敬只照不
反測言傳言動
向落一層
又曰說到爾小
子乃興從爾遷
須民自恪矣大
扠智也然却是
实事

爾乃尚有爾土爾乃尚寧幹止

幹事也止居也

爾克敬天惟畀矜爾爾不克敬爾不啻不有爾土予亦致天之罰于爾躬今爾惟時宅爾邑繼爾居爾厥有幹有年于茲洛爾小子乃興從爾遷

汝能敬天安居汝子其有興者非遷洛何從得之殷人之怨不在王庭百僚故成王以此荅其意也

王曰又曰時予乃或言爾攸居

了九曰棊坐家
有曰流水不腐

王言爾子孫當有顯者殷人喜而記之異日王告之曰及爾子孫之顯是時我當復言之于爾所居信其言以大慰之也非一日之言故以又曰别之

周書

無逸第十七

周公作無逸

周公曰嗚呼君子所其無逸先知稼穡之艱難乃逸則知小人之依

户樞不蠹以其常運也精神常運則常新是謂所其無逸也

明新曰知小人之依言君心念念及民也二知字正所其無逸處

舊說先知農事之艱難乃謀逸豫非也周公方以逸爲深戒何其謀逸之亟也蓋曰王當先知稼穡之道爲艱難乃所以逸樂則知小人之所依怙以生者知此則不妨農時不奪民利不盡民力也

相小人厥父母勤勞稼穡厥子乃不知稼穡之艱難

雖農夫之子生而飽煖則不知艱難而況王乎以訓王無忘太王王季文武之勤勞王業也

乃逸乃諺既誕否則侮厥父母曰昔之人無聞知戲侮曰譸大言曰誕信哉周公之言也曰昔之人無聞知至于今閭巷田里之民有不令子弟猶皆相師爲此言也是蟣蝨螻蟻周公何誅焉而載于書曰以戒成王也人君欲自恣於逸樂者必先詆娸先王戲玩老成而小人譸張爲幻者又勸成之韓非之言曰堯之有天下也堂高三尺采椽不斲茅茨不剪雖逆旅之宿不勤於此矣冬日鹿裘夏日葛衣粢糲之食藜藿之羹

飲土匭啜土鉶雖監門之養不觳于此矣禹鑿龍門通大夏疏九河曲九防決停水致之海股無胈脛無毛手足胼胝面目黧黑遂以死于外葬于會稽雖臣虜之勞不烈于此矣然則天子所以貴於有天下者豈欲苦形勞神自取逆旅之宿口食監門之養手持臣虜之作哉此不肖人之所勉非賢者之所務也此其論豈不出于昔之人無聞知也哉其言至淺陋而世主悦之故韓非一言覆秦殺二世如反掌自漢以來學

了凡曰孔子曰畏天命乃吉凶與奪之所自出自度乃是此心对越上帝以天命為自己法度也

者雖鄙申韓不取然世主心悅其言而陰用之小人之欲得君者必私習其説或誦言稱舉之故其學至于今猶行也予是以具論之

周公曰嗚呼我聞曰昔在殷王中宗嚴恭寅畏天命自度治民祗懼不敢荒寧肆中宗之享國七十有五年

中宗太戊也此書方論享國之長短故先言享國之最長者非世次也

其在高宗時舊勞于外爰暨小人作其即位乃或

則新曰高宗之不言有恭默思道意有多少散長在內

又曰凡人君之逸俱始于敬一知小人之依則知小人依我安危自不敢矣故叙三宗之無逸一則曰不敢荒寧一則曰不敢

亮陰三年不言其惟不言言乃雍

雍和也以其久不言之故言則天下信之

不敢荒寧嘉靖殷邦至于小大無時或怨肆高宗之享國五十有九年

高宗武丁也

其在祖甲不義惟王舊爲小人作其卽位爰知小人之依能保惠于庶民不敢侮鰥寡肆祖甲之享國三十有三年

祖甲太甲也

荒寧一則曰不敢侮鰥寡

子淵曰傅勤素

自時厥後立王生則逸生則逸不知稼穡之艱難不聞小人之勞惟耽樂之從自時厥後亦罔或克壽或十年或七八年或五六年或四三年周公曰嗚呼厥亦惟我周太王王季克自抑畏文王卑服即康功田功

康功安人之功田功農功也

徽柔懿恭懷保小民惠鮮鰥寡

鮮貧乏之者

自朝至于日中昃不遑暇食用咸和萬民文王不

儉等語收拾不全不可訓

則新曰不敢即三宗之不敢同一心也故其享國亦同

敢盤于遊田以庶邦惟正之供

言不以庶邦貢賦供私事也

文王受命惟中身

文王九十七而終卽位之年四十七

厥享國五十年

令德之主欲其長有天下以庇民仁人之意莫急于此此周公所以身代武王也人莫不好逸欲而其所甚好者生也以其所甚好禁其所好庶幾必信此無逸之所爲作也然猶不信者以

逸欲爲未必害生也漢武帝唐明皇豈無欲者哉而壽如此矣夫多欲而不享國者皆是也漢武明皇十一而已豈可望哉飲酖食野葛必死而曹操獨不死亦可効乎使人主不壽者五一曰色二曰酒三曰便辟嬖佞四曰臺榭游觀五曰田獵此五者無逸之所諱也既困其身又困其民民怨咨籲天此最害壽之大者予欲以惡衣食遠女色卑宮室罷遊田夙興勤勞以此五物者爲人主永年之藥石也

◎

又曰而無字正與上則字應酗酒是影說傳猶字最好

周公曰嗚呼繼自今嗣王則其無淫于觀于逸于遊于田以萬民惟正之供無皇曰今日耽樂乃非民攸訓非天攸若時人丕則有愆

以百日之憂而開一日之樂疑若可許也然周公不許防其漸也曰此非所以訓民順天也言此者必有大咎

無若殷王受之迷亂酗于酒德哉

酗者用酒而怒輕用兵刑也

周公曰嗚呼我聞曰古之人猶胥訓告胥保惠胥

子淵曰二否字
因其不便于已
而不然之〻詞

教誨民無或胥譸張爲幻此厥不聽人乃訓之乃變亂先王之正刑至于小大民否則厥心違怨否則厥口詛祝

譸狂也張誕也變名易實以眩觀者曰幻古之人相與訓戒者其言皆切近明白世之所共知者也若曰不殺爲仁殺爲不仁薄斂爲有德厚賦爲無道此古今不刊之語先王之正刑也及小人爲幻或師申韓之學或誦六經以文姦言則曰多殺所以爲仁也厚斂所以爲德也高臺

則新曰兩〻較
說自令听者動
心此是古人絕

深池女色畋遊皆不害霸此理之必不然而其學之有師言之有章世主多喜之此之謂幻幻能害壽以其能怨詛也

周公曰嗚呼自殷王中宗及高祖及祖甲及我周文王茲四人迪哲

古之哲王莫不如此而專言四人此四人尤以此顯於世也

厥或告之曰小人怨汝詈汝則皇自敬德厥愆曰朕之愆允若時不啻不敢含怒此厥不聽人乃或

妙文法

又曰看七个嗚呼皆從古人至誠惻怛中流出我今日讀之其精神猶恍恍在前也

譸張爲幻曰小人怨汝詈汝則信之則若時不永念厥辟不寬綽厥心亂罰無罪殺無辜怨有同是叢于厥身

人不怨讒者而怨聽者

周公曰嗚呼嗣王其監于茲

◎

蘇書傳

東坡書傳卷第十五

周書

君奭第十八

召公爲保周公爲師相成王爲左右

三公論道左右相任事周公召公以師保爲左右相

召公不悅周公作君奭

舊說或謂召公疑周公陋哉斯言也方周公攝政管蔡流言周公晏然不自疑當時大臣亦莫

之疑者何獨召公也今已復子明辟召公復何疑乎然則何爲不悅也功成身退天之道也故伊尹既復政則告歸而周公不歸此召公所以不悅也然則周公何以不歸也察成王之德未可以舍而去也周公齊百官以從王而王之所用悉其私人受敎于王者此其德豈能離師輔而弗反也哉故召公之不悅爲周公謀也人臣之常道也而周公之不歸爲周謀也宗臣之深憂也召公豈獨欲周公之歸哉蓋亦欲因復辟

字淵曰通篇並不露出留字去字而意獨懇惻惓惓之表
用修曰曰君奭弗弔天降喪于殷自後世之私言之殷之喪周之福也而曰弗弔蓋聖賢以天下為心不幸遇

之初而退老于厥邑特以周公未歸故不敢也
何以知之此書非獨周公自言其當留亦多留
召公語以此知召公欲去也
周公若曰君奭弗弔天降喪于殷殷旣墜厥命我有周旣受我不敢知曰厥基永孚于休若天棐忱我亦不敢知曰其終出于不祥嗚呼君巳曰時我我亦不敢寧于上帝命弗永遠念天威越我民罔尤違惟人
周公昔嘗告召公曰天其將使周室永孚于休

衷亂而任此責豈所樂哉緯書乃云武王克紂前歌後舞此言謬矣按高帝哭項羽曹操哭袁紹豈有武王而歌舞于克紂之事乎

子渊曰在我句讀應前時我二字

又曰自責以感召公不知二字連下天命不易

歟抑將終出于不祥歟皆未可知也于時召公荅曰是在我而已我若能祇上帝命不敢荒寧則天永孚于休若其以念我天威及使我民無所尤違則天將終出于不祥此皆在人而已今我不去正爲此耳故舉其昔言以諭之

在我後嗣子孫大弗克恭上下遏佚前人光在家不知天命不易天難諶乃其墜命弗克經歷嗣前人恭明德

此皆罪成王之言在祭也遏絕也佚失也經歷

則新曰雖周公自説言外却有責成召公意在

歷年長久言我察成王之德大未能事天地遏絕放失前人之光明蓋生于深宮之中不知天命不易我若去之其將弗永年矣周公蓋以丕視功載知其如此

在今予小子旦非克有正迪惟前人光施于我沖子

沖子之不正吾亦安能正之哉獨示之以前人光明之德使不習于下流其爲正也大矣

又曰天不可信我道惟寧王德延天不庸釋于文

王受命。

天命不常。我所以輔成王之道。惟以延武王之德。使天下不捨文王所受之命也。

公曰君奭。我聞在昔成湯既受命。時則有若伊尹格于皇天。在太甲時則有若保衡。

即伊尹也。

在太戊時則有若伊陟臣扈。格于上帝。

湯初克夏。欲遷夏社。作臣扈之篇。湯享國十三年。又七年而太甲立。太甲享國三十二年。又更

四帝乃至太戊而臣扈猶在豈非壽百餘歲哉
巫咸乂王家在祖乙時則有若巫賢
賢亦巫咸之子孫
在武丁時則有若甘盤
殷有聖賢之君七此獨言五下文云殷禮陟配
天豈配祀于天者止此五王而其臣皆配食于
廟乎在武丁時不言傅說豈傅說不配食于配
天之王乎其詳不可得而聞矣
率惟茲有陳保乂有殷故殷禮陟配天多歷年所

子淵曰商實連下讀

陳久也陟升遐也言此諸臣爲政不久則不能保乂有殷且使其王升遐則配天致殷有天下多歷年所此周公所以久留之意也

天惟純佑命則商實百姓王人罔不秉德明恤小臣屏侯甸矧咸奔走惟茲惟德稱用乂厥辟故一人有事于四方若卜筮罔不是孚

此明主賢臣爲政既久則天乃爲純佑者是命商之百族大姓及王臣之微者實皆秉德明恤以至于小臣藩屏侯甸者皆得其人況于奔走

又曰天壽平格
應前多歷年所
謂國家下文固
命是也

執事之臣皆以此道此德舉用乂厥辟以上下
同德故有事于四方則民信之若蓍龜然此又
周公久留之意也
公曰君奭天壽平格保乂有殷有殷嗣天滅威
天壽此中宗高宗祖甲和平至道之王使保乂
有殷此三王皆能繼天滅威滅威者除害也
今汝永念則有固命厥亂明我新造邦
汝若憂思深長則天命乃可堅固汝其念有以
濟明我邦者

公曰君奭在昔上帝割申勸寧王之德其集大命
于厥躬
寧王武王也天降割喪文王申勸武王之德而
集天命也
惟文王尚克脩和我有夏
諸夏也
亦惟有若虢叔
王季子文王弟
有若閎夭有若散宜生有若泰顛有若南宫括

五人皆賢臣有道德者不及太公望者太公專
治兵事功臣非周公所法也
又曰無能往來玆迪彝教文王蔑德降于國人
此五人者文王疏附先後奔走禦侮之友也故
曰文王若不能與此五人者往來使以常道教
文王則無德以降于國人也
亦惟純佑秉德迪知天威乃惟時昭文王迪見冒
聞于上帝惟時受有殷命哉
迪見者以道顯也冒聞者以德被天下聞也

文曰小子即上
文小子旦同

武王惟兹四人

虢叔亡矣

尚迪有祿後暨武王誕將天威咸劉厥敵惟兹四人昭武王惟冒丕單稱德

凡周德之所被及者其民盡稱誦武王也

今在予小子旦若游大川予往暨汝奭其濟小子同未在位誕無我責

游大川者必濟而後已今予與汝奭同濟小子其可以中流而止乎

又曰盛滿難居嫌疑當避人臣皆有是心也台公意欲與周公皆去乃周公則欲與台公皆留一則見幾之智一則大臣謀國之忠二人所見有小大

收罔勗不及耇造德不降我則鳴鳥不聞矧曰其有能格

周人以鸑鷟鳴于岐山爲文王受命之符故其詩曰鳳皇鳴矣于彼高岡我與汝奭皆文王舊臣同聞鳴鳥者也我與汝同聞見受命之符而今又同輔孺子其可以不俟王業之大成而言去乎我當收蓄成王不勉不及之心又當留汝奭耇老成人以自助汝若不降意小留則是天不欲我終王業定天命也天如不欲我終王業

定天命則當時必不使我與汝同聞鳴鳥矣況
能格于皇天乎
公曰嗚呼君肆其監于茲我受命無疆惟休亦大
惟艱告君乃猷裕我
謀廣我意
不以後人迷公曰前人敷乃心乃悉命汝作汝民
極曰汝明勗偶王在亶乘茲大命惟文王德丕承
無疆之恤
周公與召公同受武王顧命輔成王故周公曰

前人敷其心腹以命汝位三公以爲民極且曰汝當明勗孺子如耕之有偶也在于相信如車之有馭也并力一心以載天命念文考之舊德以丕承無疆之憂武王之言如此而可以求去乎

公曰君告汝朕允

告汝以我誠心

保奭其汝克敬以予監于殷喪大否

殷之喪其否塞大亂至于如此可不懼乎

又曰我二人同公自謂已與成王也下同

肆念我天威予不允惟若茲誥予惟曰襄我二人

襄成也予本不欲如此告也予惟曰王業之成

在我與汝二人而已

汝有合哉言曰在時二人天休滋至惟時二人弗

戡

汝聞我言而心有合也曰信如我言在我二人

而已然今天方保周王室日昌大在我二人受

此福乎德勝福則安福勝德則危今天休滋至

恐二人德不能勝也由此知召公之不悅蓋以

滿溢爲憂也

其汝克敬德明我俊民在讓後人于丕時

周公言汝奭以滿溢爲憂乎則當求俊民而顯明之他日讓此後人惟昌大之時而去未晚也

嗚呼篤棐時二人我式克至于今日休

以我二人厚輔之故周室乃有今日之休

我咸成文王功于不怠丕冒海隅出日罔不率俾

我以今日之休爲未足也惟至于日月所照莫不祇服乃已也

公曰君予不惠若茲多誥
惠若言願也

予惟用閔于天越民
予惟哀天命之不終及民之無辜也

公曰嗚呼君惟乃知民德亦罔不能厥初惟其終
祇若茲往敬用治

周書
蔡仲之命第十九

蔡叔既沒王命蔡仲踐諸侯位作蔡仲之命

蔡叔死于囚。不得稱沒。仲爲卿士。無囚父用子之理。葢釋之矣。仲踐蔡叔之舊國。以鮮爲始封之君。則周旣赦其罪矣。故得稱沒。
惟周公位冢宰。正百工。羣叔流言。乃致辟管叔于商。囚蔡叔于郭鄰。
郭虢也。周禮六遂五家爲鄰。
以車七乘。降霍叔于庶人。三年不齒。
周公不以流言殺骨肉。若管叔不挾武庚以叛。亦不誅也。蔡叔囚而不誅。至子乃封。霍叔降而

予九曰克庸祗
德乃蔡仲得封
之由

不因三年復封之霍此周公治親之道也
蔡仲克庸祗德周公以爲卿士叔卒乃命諸王邦
之蔡
蔡叔未卒仲無君國之理蒯聵在而輒立衛是
以亂孔子將爲政于衛必以正名爲先則周公
封蔡仲必在叔卒之後也
王若曰小子胡惟爾率德改行克慎厥猷肆予命
爾侯于東土往卽乃封敬哉爾尚蓋前人之愆惟
忠惟孝爾乃邁迹自身

又曰戒哉工夫正在慎初慎初之道全在思終

遵德自巳使人可以循迹而法汝也

克勤無怠以垂憲乃後率乃祖文王之彝訓無若爾考之違王命皇天無親惟德是輔民心無常惟惠之懷爲善不同同歸于治爲惡不同同歸于亂爾其戒哉慎厥初惟厥終終以不困不惟厥終終以困窮懋乃攸績睦乃四鄰以蕃王室以和兄弟康濟小民率自中無作聰明亂舊章

中情也治國濟民皆以情不以僞也中不足則必彊諸外故作聰明而實聰明者未嘗亂舊章

也。

詳乃視聽。罔以側言改厥度。

以一偏之言而改其常度。非其本心也。生于視聽之不審。爾故患在欲速。不在緩。緩則視聽審而事無不中矣。

則予一人汝嘉。王曰嗚呼小子胡。汝往哉。無荒棄朕命。

成王東伐淮夷。遂踐奄。作成王政。

成王既踐奄。將遷其君于蒲姑。周公告召公作將

蒲姑

晏子謂齊景公古之居此者有蒲姑氏樂安縣北有蒲姑城二篇亡

周書

多方第二十

成王歸自奄在宗周誥庶邦作多方

自大誥康誥酒誥梓材召洛誥多士多方八篇雖所誥不一然大畧以殷人不心服周而作也予讀泰誓牧誓武成常怪周取殷之易及讀此

八篇又怪周安殷之難也多方所告不止殷人乃及四方之士是紛紛焉不心服者非獨殷人也予乃今知湯巳下七王之德深矣方紂之虐人如在膏火中歸周如流不暇念先王之德及天下粗定人自膏火中出即念殷先七王如父母雖以武王周公之聖相繼撫之而莫能禁也夫以西漢道德比之殷猶珷玞之與美玉也然王莽公孫述隗囂之流終不能使人忘漢光武之成功若建瓴然使周無周公則殷之復興也

必矣此周公之所以畏而不敢去也

惟五月丁亥王來自奄至于宗周周公曰王若曰猷告爾四國多方惟爾殷侯尹民

周公以王命告諸侯及凡尹民者

我惟大降爾命爾罔不知

大降爾命謂誅三監黜殷特也

洪惟圖天之命弗永寅念于祀

圖天之命猶曰徼福于天小人之求福者必以祭祀念汝殷人大惟徼福于天而不念敬祀是

則新曰從夏說
趣最為有味

求非望也

惟帝降格于夏有夏誕厥逸不肯慼言于民

帝非不降格于夏而夏乃大厥逸無憂民之言雖無憂民之心而有其言民猶不怨天猶赦之猶賢于初無言者棄民之深也

乃大淫昏不克終日勸于帝之迪

桀未嘗肯以一日之力勉行順天之道

乃爾攸聞厥圖帝之命不克開于民之麗

麗著也奠民之居王政之本民不土著雖堯舜

又曰讀甲于内亂向便見紂之亡一妲己亂之叨懫日欽此内亂之所以至也女謁盛者小人從此為奸蓋女子小人自有臭味也

不能使無亂桀之所以徼福于天者皆非其道
未嘗開衣食之源以定民居也
乃大降罰崇亂有夏因甲于内亂
甲始也亂自内起
不克靈承于旅罔丕惟進之恭洪舒于民
古者謂大祭祀曰旅言不能承祀天地鬼神又
不知進德之恭而大慢于民也
亦惟有夏之民叨懫日欽劓割夏邑
叨貪也懫忿也尊用此人使劓割夏邑

又曰借夏說商半真半影大能令多士銷其熱腹消其壯氣

天惟時求民主乃大降顯休命于成湯刑殄有夏

惟天不畀純

不與桀者亦大矣

乃惟以爾多方之義民不克永于多享

義民正人也桀所害者皆正人天以此故不可

使桀永年而多享也

惟夏之恭多士大不克明保享于民

桀之所尊用者皆不能知保享于民之道也

乃胥惟虐于民至于百爲大不克開

又曰此所云作民主也以至帝乙云云見俱能代夏作民主也予九曰人知宥之為生而不知殺為生也故殄戮開釋同是慎罰

開明也

乃惟成湯克以爾多方簡代夏作民主

簡至也

慎厥麗乃勸厥民刑用勸以至于帝乙罔不明德慎罰亦克用勸要囚殄戮多罪亦克用勸開釋無辜亦克用勸

自湯以來皆謹土著之政民既奠居則刑罰可以勸而況于賞乎

今至于爾辟弗克以爾多方享天之命嗚呼王若

又曰三不乃惟
正與兩非字應

曰誥告爾多方非天庸釋有夏非天庸釋有殷乃惟爾辟以爾多方大淫圖天之命屑有辭

屑輕也紂責命于天輕出怨天之辭

乃惟有夏圖厥政不集于享天降時喪有邦間之

夏政不享于天則其諸侯間而取之亦如今殷之爲周取也

乃惟爾商後王逸厥逸圖厥政不蠲烝天惟降時喪

蠲潔也烝升也其升聞于天者不潔也

惟聖罔念作狂惟狂克念作聖

世未嘗有自狂作聖自聖作狂之人而有自聖作狂自狂作聖之道在念不念之間耳

天惟五年須暇之子孫誕作民主罔可念聽

須待也暇閒也武王服喪三年還師二年天佑殷之子孫以此五年暇以待之夫聖狂之間如反覆手而況五年之久足以悔禍復天命矣紂惟曰我民主也其若我何其言無可念聽者

天惟求爾多方大動以威開厥顧天惟爾多方罔

則新日四節文氣再着不得一襯語

堪顧之惟我周王靈承于旅克堪用德惟典神天天惟式教我用休簡畀殷命尹爾多方今我曷敢多誥我惟大降爾四國民命爾曷不忱裕之于爾多方爾曷不夾介乂我周王享天之命

夾輔也介助也

今爾尚宅爾宅畋爾田爾曷不惠王熈天之命爾乃迪屢不靜爾心未愛

道爾而數不靜者以爾心未仁也

爾乃不大宅天命爾乃屑播天命

輕棄天命也

爾乃自作不典圖忱于正我惟時其教告之我惟時其戰要囚之

我欲汝信于正故教告之不改則戰恐要囚之至于再至于三乃有不用我降爾命我乃其大罰殛之非我有周秉德不康寧乃惟爾自速辜王曰嗚呼猷告爾有方多士暨殷多士今爾奔走臣我監五祀

汝奔走事我我監視汝所爲五年于此矣

又曰此并授之此方畧也蓋殷士之受職者亦必為頑民作倫今既勸勉之又

越惟有胥伯大小多正爾罔不克臬

伯長也汝自有相君相長者至于小大衆正之人皆汝所能作止也

自作不和爾惟和哉爾室不睦爾惟和哉爾邑克明爾惟克勤乃事

家不和則邑不明雖勤于事無益也

爾尚不忌于凶德亦則以穆穆在乃位

服凶人莫如和敬

克閱于乃邑謀介

授之以方略曰克閱于乃邑謀介賓藉此以撤其党也又曰此又誘掖之也叙恩叙威率戒率勸有無限作用此多方一篇之妙用也

簡邑人以自介副

爾乃自時洛邑尚永力畋爾田天惟畀矜爾我有周惟其大介賚爾

介助也

迪簡在王庭尚爾事有服在大僚王曰嗚呼多士爾不克勸忱我命爾亦則惟不克享凡民惟曰不享

爾不我享民亦不爾敬矣

爾乃惟逸惟頗大遠王命

又曰我惟祗告爾命猶言只此一番訓誥無他言矣汝多方敬之戒之此則隱隱于言外者

迪簡之命也。

則惟爾多方探天之威我則致天之罰離逖爾上

將遠徙之。

王曰。我不惟多誥。我惟祗告爾命。又曰時惟爾初

不克敬于和。則無我怨。

今旣戒汝以和敬。汝不能用。則他日又舉今言

以告汝。無怨也。

東坡書傳卷第十六

周書

立政第二十一

周公作立政。

周公若曰。拜手稽首。告嗣天子王矣。用咸戒于王曰。王左右常伯。常任。準人。綴衣。虎賁。周公曰。嗚呼休茲知恤鮮哉。

周公率羣臣進戒于王。贊曰。羣臣皆再拜稽首告天子今王矣。不可以幼沖自待。則進戒曰。王

予九曰此言禹之知恤

左右有牧民之長曰常伯有任事之公卿曰常任有守法之有司曰準人此三事之外則有掌服器者曰綴衣執射御者曰虎賁此褻御也周公則戒之曰非獨三事者當擇人此褻御者亦當擇人也能知憂此者美哉鮮矣

古之人迪惟有夏乃有室大競籲俊尊上帝

夏后氏之世王室所以大强者以求賢爲事天之實也

迪知忱恂于九德之行乃敢告教厥后曰拜手稽

首后矣曰宅乃事宅乃牧宅乃準茲惟后矣

事則向所謂常任也牧則向所謂常伯也準則

向所謂準人也一篇之中所論宅俊者參差不

齊然大要不出是三者其餘則皆小臣百執事

也古今學者解三宅三俊多不同惟專以經訓

經庶得其正書曰迪知忱恂于九德之行是九

德爲三俊也臯陶之九德則箕子三德之詳者

也并三爲一則九德爲三俊明矣書曰宅乃事

宅乃牧宅乃準是事也牧也準也爲三宅所以

宅三俊也書曰流宥五刑五流有宅五宅三居又曰茲乃三宅爲義民此三宅所以宅五流也人之有疾也食而不藥不可藥而不食亦不可三宅三俊如藥食之交相養而不知食之養藥耶藥之養食耶所以宅三俊及所以宅五流者皆曰三宅如此而後經之言可通也

謀面用丕訓德則乃宅人茲乃三宅無義民

謀面謀其耳目所及者言自近及遠皆大訓我德則可以宅三俊之人既宅三俊然後可以宅

又曰桀以不能知恤而亡正是知恤之辭

又曰此言湯之知恤

則新曰丕式九德所謂編為甬德也知恤者必至此而始為極

五流凡民之無義而有罪者

桀德惟乃弗作往任是惟暴德罔後

書曰肆往姦宄是古者謂流爲往也桀之所往者無罪之人所任者皆小人殘民者也所往所任皆出于暴德是以無後

亦越成湯陟丕釐上帝之耿命乃用三有宅克即宅曰三有俊克即俊嚴惟丕式克用三宅三俊其在商邑用協于厥邑其在四方用丕式見德

耿光也成湯既以升聞大治上帝之命則以三

宅去凶人凶人各即其宅然後宅俊其所謂俊
者皆眞有德者也故曰三有俊克即俊啟人去
凶而後用賢夏后氏用賢而後去凶各從當時
之宜要之二者相資而成也禮曰夏后氏先祿
而後威先賞而後罰殷人先罰而後賞蓋緣立
政之文而立此言不知聖人之賞罰應物而作
無所先後也湯惟嚴敬用宅俊故能內協商邑
外以顯德于四方也

嗚呼其在受德䁾惟羞刑暴德之人同于厥邦乃

子允曰此下言文武能知恤則新曰克知灼見所云知恤也

惟庶習逸德之人同于厥政帝欽罰之乃伻我有夏式商受命奄甸萬姓

甸治也帝欽我而伐紂使我有諸夏法湯受命而治萬姓也

亦越文王武王克知三有宅心灼見三有俊心以敬事上帝立民長伯

君子小人各知其本心去凶進賢各得其實

立政任人準夫牧作三事

任人常任也準夫準人也牧常伯也此三事皆

大臣也。

虎賁綴衣趣馬小尹。

自此以下皆小臣。或其遠外者。趣馬。掌馬也。小尹。小官之長也。

左右攜僕。

執持器物者。

百司庶府。

府庫藏吏也。

大都小伯。

大都之伯在牧人中矣此其小伯也

藝人

執技以事上者

表臣百司

表外也有兩百司此其外者也

太史尹伯庶常吉士

太史下大夫掌六典之貳尹伯庶常吉士皆當

時小官

司徒司馬司空亞旅

六卿獨數其三不及冢宰宗伯司寇者周公以師兼冢宰周公謂蘇忿生爲蘇公是蘇公以公兼司寇也而宗伯則召公兼之歟亞其貳也旅其士也卿在當任中矣此言其亞旅而已

夷微盧烝三亳阪尹

蠻夷之民微盧之衆及三亳阪險之地皆有尹正湯始都亳其後屢遷所遷之地皆有亳名故曰亳或曰蒙爲北亳穀熟爲南亳偃師爲西亳歷數此者欲得其人也

子九曰曰知猶二之三宅之心即文王之心也又曰此正克厥宅心之實

文王惟克厥宅心

能知君子小人之心。

乃克立茲常事司牧人以克俊有德。

常任常伯必以德選不言準人者容以才進也。

文王罔攸兼于庶言庶獄庶慎惟有司之牧夫是訓用違庶獄庶慎文王罔敢知于茲

文王不識不知順帝之則其所知者三宅三俊去凶用賢之事而已至于庶言有司所下教令也庶獄獄訟也庶慎國之禁戒儲備也文王皆

則新曰成王嗣文武之後只須率循文武之舊人故此言武之知恤不舉其他只說一不敢替隱然有動成王之意

不敢下侵有司之事惟使有司牧夫訓治用命及違命者而已

亦越武王率惟敉功不敢替厥義德率惟謀從容德以並受此丕丕基

武王但撫存文王之功不改其義德而從其有容之德也

嗚呼孺子王矣繼自今我其立政立事準人牧夫我其克灼知厥若丕乃俾亂

其心如其言是謂若

相我受民
　助我所受民
和我庶獄庶愼時則勿有間之
旣灼知其心而後用旣用則勿以流言讒間之
自一話一言我則末惟成德之彥以乂我受民
道隱于小成言隱于榮華一話一言聞斯行之
則不勝其弊以其不勝弊而舉棄之則所喪亦
多矣必受而繹之末惟成德之彥則不可以小
道小言聒也故一話一言終必付之而後可

了凡曰此下又
勉王之知恤

則新曰曰自古
焉在其内曰亦
越我周武在其
内何必俱見其
名

嗚呼予旦已受人之徽言咸告孺子王矣
我受美言于人不敢自有而獻之于王也
繼自今文子文孫其勿誤于庶獄庶慎惟正是乂
之
心有邪正事有是非正心而求其理未有不得
也
自古商人亦越我周文王立政立事牧夫準人則
克宅之克由繹之茲乃俾乂
人有臨事而失其常不如所期者故已宅則復

繹之者紬繹其所已行之事也
國則罔有立政用憸人不訓于德是罔顯在厥世
繼自今立政其勿以憸人其惟吉士用勱相我國
家
勱勉也何謂憸人賈誼賦曰鳳皇翔于千仞兮
覽德輝而下之見世德之憸微兮遥增擊而去
之是之謂憸人
今文子文孫孺子王矣其勿誤于庶獄惟有司之
牧夫

又曰成王當時尚有徐戎淮夷之竊據便不能如禹之獨成王服此周公所慘〻不釋諸懷者故論任人而終以詰戎兵陟禹迹

夫周公尤以獄爲憂故此篇之終特以囑司寇蘇公也

其克詰爾戎兵以陟禹之迹方行天下至于海表罔有不服

罔有不服則兵初不用也然不可以不用而不以特詰治之

以覲文王之耿光以揚武王之大烈嗚呼繼自今後王立政其惟克用常人

人之才德長于此者天下之所共推而不可易

又曰篇末拳〻於兵刑見此二事國家所不可無人主所不可有尤當慎也

也是之謂常人如廷尉用張釋之于定國吏部尚書用山濤度支用劉晏此非常人乎

周公若曰太史司寇蘇公式敬爾由獄以長我王國茲式有愼以列用中罰

春秋傳曰昔武王克商使諸侯撫封蘇忿生以溫爲司寇此言其能敬用獄以長王國是爲三公也列者前後相比猶令之言例也以舊事爲比而用其輕重之中者也呼太史而告之者欲書之于史以爲後世法也

周書

周官第二十二

成王既黜殷命滅淮夷還歸豐作周官

殷未黜淮夷未滅則成王有所不暇

惟周王撫萬邦巡侯甸四征弗庭綏厥兆民六服羣辟罔不承德歸于宗周董正治官

書曰侯甸男邦采衛此周五服之名也禹貢五服通畿內周五服在王畿千里之外并畿內爲六服董督也治官治事之官也

王曰若昔大猷制治于未亂保邦于未危曰唐虞稽古建官惟百內有百揆四岳外有州牧侯伯庶政惟和萬國咸寧夏商官倍亦克用乂

唐虞官百而天下治夏商曷爲倍之德衰而政卑也堯舜官天下無患失之憂故任人而不任法人得自盡也故法簡官少而事省夏商家天下惟恐失之不敢以付人人與法相持而行故法煩官多而事冗後世德愈衰政愈卑人愈不信而一付之法吏不敢任事相倚以苟免故法

愈亂官愈多而事不舉人主知此則治幾一作矣

明王立政不惟其官惟其人

明王觀唐虞夏商之政而知爲國不在官多而在得人故官不必備也

今予小子祗勤于德夙夜不逮仰惟前代時若訓迪厥官立太師太傅太保茲惟三公論道經邦燮理陰陽

師傅保皆論道國以道爲經以政事緯之與刑無相奪倫而陰陽和

官不必備惟其人少師少傅少保曰三孤貳公弘化寅亮天地弼予一人

孤特也此雖三公之貳而非其屬官故曰孤以重之

冢宰掌邦治統百官均四海

政教禮刑無所不掌謂之邦治而百官總巳以聽焉故冢宰爲天官必三公兼之餘卿或兼或特命

司徒掌邦教敷五典擾兆民

司徒之職如地之生物富而能教之故爲地官
擾馴也
宗伯掌邦禮治神人和上下司馬掌邦政統六師
平邦國
王者以禮樂治天下政所從出本于禮而成于
政和如天之春萬物生焉而感于夏故宗伯爲
春官司馬爲夏官
司寇掌邦禁詰姦慝刑暴亂
如秋之肅殺萬物故司寇爲秋官

司空掌邦土居四民時地利

民各有居室如冬之蓋藏故司空爲冬官

六卿分職各率其屬以倡九牧

九州之牧也

阜成兆民六年五服一朝

一朝畢朝也朝以遠近爲疏數六年而徧五服

畢朝也

又六年王乃時巡考制度于四岳諸侯各朝于方

岳大明黜陟

夏商以來人主奉養日後供衛日廣亦不能數
巡守故以五載爲十二年也

王曰嗚呼凡我有官君子欽乃攸司愼乃出令令
出惟行弗惟反

令出不善知而改之猶賢于不反也然數出數
改則民不復信上雖有善令不行矣故敎以善
非敎其遂非也

以公滅私民其允懷學古入官議事以制政乃不
迷

春秋傳曰鄭子產鑄刑書晉叔向議之曰昔先王議事以制不爲刑辟其言蓋取諸此也先王人法並任而任人爲多故律設大法而已其輕重之詳則付之人臨事而議以制其出入故刑簡而政清自唐以前治罪科條止于令律令而已人之所犯日變無窮而律令有限以有限治無窮不聞其有所闕豈非人法兼行吏猶得臨事而議乎今律令之外科條數萬而不足于用有司請立新法者日益而不已嗚呼任法之弊

了九曰功業當由勤而乃曰志九仞工夫不離一念也業廣當

一至于此哉

其爾典常作之師無以利口亂厥官

小人不利于用常法常以利口亂政

蓄疑敗謀

人主聞讒言不即辨而藏之中曰蓄疑敗謀害政無大于此者

怠忽荒政不學牆面蒞事惟煩戒爾卿士功崇惟志

未有志卑而功崇者

書志而乃曰勤入門一步便欲實用其力也

業廣惟勤惟克果斷乃罔後艱

媮于初必艱于終

位不期驕祿不期侈恭儉惟德無載爾僞

孟子曰恭儉豈可以聲音笑貌爲哉

作德心逸日休作僞心勞日拙居寵思危罔不惟畏弗畏入畏推賢讓能庶官乃和不和政厖

士無賢不肖入朝見嫉自有君臣以來病之矣

惟讓爲能和是以貴之

舉能其官惟爾之能稱匪其人惟爾不任王曰嗚

則新曰曰阜成兆民曰永康兆民曰綏厥兆民不一而足乃知建官所以為民

呼三事

三公也

暨大夫敬爾有官亂爾有政以佑乃辟永康兆民

萬邦惟無斁

成王既伐東夷肅慎來賀

東夷淮夷也在周之東肅慎東北遠夷也

王俾榮伯作賄肅慎之命

國語曰文王諏于蔡原訪于辛尹重之以周召

畢榮豈此榮伯也與

周公在豐將歿欲葬成周公薨成王葬于畢告周公作亳姑

畢有文武墓葬公于畢示不敢臣也亳姑蒲姑也周公告召公作將蒲姑至此并告已遷歟二篇亡

周書

君陳第二十三

周公既歿命君陳分正東郊成周作君陳

君陳命于周公之後畢公之前必周之老臣也

鄭玄以爲周公子非也畢公成王之父師弼亮四世豈以周公之子先之周公遷殷頑民于洛不必遷舊人以宅新民也洛人在内殷人在郊理必然也分正者畢命所謂旌别淑慝表厥宅里殊厥井疆俾克畏慕也

王若曰君陳惟爾令德孝恭惟孝友于兄弟克施有政命汝尹兹東郊敬哉昔周公師保萬民民懷其德往慎乃司兹率厥常懋昭周公之訓惟民其乂我聞曰至治馨香感于神明黍稷非馨明德惟

馨

物之精華發越于外者爲聲色臭味是妙物也故足以移人亦足以感鬼神聖人以至治明德比于馨香有以也夫苟悅有言君子以情用小人以形用榮辱者賞罰之精華故禮教榮辱以加君子化其情也桎梏鞭朴以加小人化其形也君子不犯辱況于刑乎小人不忌刑況于辱乎若教化之廢推中人而墜于小人之域教化之行引小人而納于君子之塗此之謂也

用修曰淡所見而甘所聞貴耳而賤其目榮古陋今黨往讎來日進前而不御遥聞聲而相思故曰凡人未見聖若不克見聖既見聖亦不克由聖

爾尚式時周公之猷訓惟日孜孜無敢逸豫凡人未見聖若不克見既見聖亦不克由聖爾其戒哉爾惟風下民惟草

豈獨聖也凡有求而未得也無所容其愛既得則愛衰此人之情也為人君者不能顯諸仁藏諸用凡所以治民之具畢用而常陳則民狎而玩之矣故教之惟風下民惟草德復有妙于風者乎

圖厥政莫或不艱有廢有興出入自爾師虞庶言

又曰衆言同則繹者人離而聽之則愚合而聽之則聖也

同則繹

有所與廢出納皆咨于衆以度之衆言同則繹之孔子曰巽語之言能無悅乎繹之爲貴

爾有嘉謀嘉猷則入告爾后于内爾乃順之于外曰斯謀斯猷惟我后之德嗚呼臣人咸若時惟良顯哉

臣謀之而君能行此眞君之德也豈待其順之于外云爾也哉成王之言此者非貪臣之功實欲歸功于臣以來衆言也

王曰君陳爾惟弘周公丕訓無依勢作威無倚法以削寬而有制從容以和殷民在辟予曰辟爾惟勿辟予曰宥爾惟勿宥惟厥中有弗若于汝政弗化于汝訓辟以止辟乃辟

辟而不能止辟者勿辟也

狃于姦宄敗常亂俗三細不宥

狃習也常者國之舊法俗者民之所安而敗亂之害政之尤故此三者所犯雖小亦不可宥也

爾無忿疾于頑無求備于一夫必有忍其乃有濟

有容德乃大

有殘忍之忍有容忍之忍春秋傳曰州吁阻兵而安忍此殘忍之忍孔子曰小不忍則亂大謀此容忍之忍也古今語皆然不可亂也成王指言三細不宥則其餘皆當宥之曰必有忍其乃有濟者正孔子所戒小不忍則亂大謀者也而近世學者乃謂當斷不可以不忍忍所以爲義是成王敎君陳果于刑殺以殘忍爲義也夫不忍人之心人之本心也故古者以不忍勸人以

容忍勸人也則有之矣未有以殘忍勸人者也不仁之禍至六經而止今乃析言誣經以助發之予不可以不論

簡厥修亦簡其或不修進厥良以率其或不良惟民生厚因物有遷違上所命從厥攸好爾克敬典在德時乃罔不變允升于大猷惟予一人膺受多福其爾之休終有辭于永世

東坡書卷第十七

周書

顧命第二十四

成王將崩命召公畢公率諸侯相康王作顧命

畢公高周之同姓

惟四月哉生魄王不懌

有疾不豫

甲子王乃洮頮水

發大命當齊戒沐浴今有疾不能洮頮水而已

洮盥也頮頮面也

相被冕服憑玉几

相相禮者以衮冕服被王身也大朝覲設左右

玉几

乃同召太保奭

召公爲保兼冢宰

芮伯

司徒

彤伯

宗伯

畢公

畢公三公亦兼司馬

衛侯

春秋傳康叔爲司寇

毛公

司空也史記有毛叔鄭五人皆姬姓㑻彤伯姒

姓

師氏

師氏中大夫居虎門之左

虎臣

虎賁氏

百尹御事王曰嗚呼疾大漸惟幾

漸進也幾危也

病日臻既彌留

臻至也彌甚也疾甚將去而少留也

恐不獲誓言嗣玆予審訓命汝昔君文王武王宣

重光奠麗陳教則肄肄不違用克達殷集大命

麗土著也文武先定民居乃教之既教則集之民既集教用命乃能開達殷之喪否也

在後之侗

侗愚也楊雄曰倥侗顓蒙

敬迓天威嗣守文武大訓無敢昏逾今天降疾殆弗興弗悟爾尚明時朕言用敬保元子釗

康王也

弘濟于艱難柔遠能邇安勸小大庶邦思夫人自亂于威儀爾無以釗冒貢于非幾

恭敬可以濟大難但世以威儀爲文飾而已不知其爲濟難之具也故曰自亂于威儀幾危也非幾者安也惟安爲可畏不可以冒進也死生之際聖賢之所甚重也成王將崩之一日被冕服以見百官出經遠保世之言其不死于燕安婦人之手明矣其致刑措宜哉

茲既受命還出綴衣于庭

綴衣幄帳也羣臣既出設幄帳于中庭王反路寢之室也

則新曰二千戈、虎賁百人有防危慮患意在豈有所監于三監耶

越翼日乙丑王崩太保命仲桓南宮毛俾爰齊侯呂伋

伋太公望子爰及也詩曰爰及姜女

以二千戈虎賁百人逆子釗于南門之外

成王之崩子釗固在王所今乃出之于路寢門外而復逆之蓋所以表異之也

延入翼室

路寢旁左右翼室也成王喪在路寢故子釗廬于翼室

恤宅宗

爲憂居之主也

丁卯命作冊度

以法度作冊也

越七日癸酉伯相命士須材

自西伯入爲相召公也須材以供喪用

狄設黼扆綴衣

狄下士扆屏風爲斧文也

牖間南嚮

戶牖間也

敷重篾席

桃竹枝席也

黼純

黼黑白也純緣也

華玉仍几

華玉色玉也仍因也周禮吉事變几凶事仍几因生時所設色玉左右几也此見羣臣覲諸侯之坐也

西序東嚮

東西廂謂之序

敷重厎席

厎蒻席也

綴純

綴雜釆也

文貝仍几

以文貝飾几此旦夕聽事之坐也

東序西嚮敷重豐席

豐莞席也

畫純

繪緣也

雕玉仍几

以刻玉飾几此養國老享羣臣之坐也

西夾南嚮

西廂夾堂

敷重筍席

筍竹席也

玄紛純

紛紺也以玄紺爲緣

漆仍几

此親屬私燕之坐也故几席質儉無貝玉之飾將傳先王之顧命也不知神之所在于此乎于彼乎故兼設平生之坐也

越玉五重

及玉五重謂弘璧琬琰大玉夷玉天球也

陳寶

謂赤刀以下衆寶。

赤刀大訓。

虞夏商之書。

弘璧。

大璧也。

琬琰在西序大玉夷玉天球河圖。

八卦也。

在東序。胤之舞衣。

胤國所爲舞者之衣。

大貝鼖鼓在西房兌之戈和之弓

兌和古之巧人

垂之竹矢

垂舜共工

在東房

舞衣鼖鼓弓竹矢皆以古物寶之如後世寶孔

子履也

大輅在賓階面

大輅玉輅

又曰平居諸人原備宿衛此時亦只嚴宿衛之意若曰儀衛便是侈觀恐非成康事

綴輅在阼階面

綴輅金輅

先輅在左塾之前

先輅象輅塾夾門堂也

次輅在右塾之前

次輅木輅也革輅不陳

二人雀弁執惠立于畢門之內

雀弁赤黑如雀頭色惠三隅矛畢門路寢門

四人綦弁執戈上刃夾兩階戺

綦弁青黑色堂廉曰戺
一人冕執劉立于東堂
劉鉞屬
一人冕執鉞立于西堂一人冕執戣立于東垂一
人冕執瞿立于西垂
戣瞿皆戟屬
一人冕執鋭立于側階
鋭當作鈗說文曰鈗侍臣所執兵從金允聲書
曰一人冕執鈗讀若鋭冕大夫服弁士服

王麻冕黼裳由賓階隮

麻冕三十升麻爲冕蓋衮冕也衮冕之裳四章此獨用黼者以釋喪服吉示變也王方自外入受命傳命者自阼階升則王當從賓階也

卿士邦君麻冕蟻裳入即位

禮曰子張之喪公明儀爲志焉褚幕丹質蟻結于四隅殷士也鄭玄云畫者之四角其文如蟻行往來相錯殷之蟻結似今蛇文畫豈蟻裳亦爲此文歟君臣皆吉服然皆有變

于九曰彤裳以上其服同介圭以下其執異奉将宝有主道故由作階銜冊命有子道故由賓階

太保太史太宗皆麻冕彤裳

太宗上宗皆大宗伯也彤纁也纁裳亦變也

太保承介圭上宗奉同瑁由阼階隮

介圭大圭尺有二寸王所守也同爵名瑁四寸王所執以朝諸矦傳顧命授圭瑁當阼階升也

太史秉書由賓階隮御王冊命

書冊也王在西階上故太史由此以冊御玉凡王所臨所服用皆曰御

曰皇后憑玉几道揚末命命汝嗣訓臨君周邦率

循大卞燮和天下用答揚文武之光訓

成王顧命之言書之冊矣此太史口陳者卞法

也

王再拜興答曰眇眇予末小子其能而亂四方以

敬忌天威乃受同瑁王三宿三祭三咤上宗曰饗

太保實三爵于王王受而置之曰宿祭先曰祭

至齒而不飲曰咤曰嚌示飲而實不忍也上宗

曰饗以嘏王也

太保受同降盥以異同

易爵而洗也。

秉璋以酢。

半圭曰璋。太保實此爵以爲王酢已也。

授宗人同拜。

宗人。小宗伯。

王答拜。太保受同祭嚌宅。授宗人同。拜。

宅。居其所也。

王答。拜。太保降收。

收。徹也。

諸侯出廟門俟

此路寢門也而謂之廟以正殯在焉

周書

康王之誥第二十五

康王既尸天子遂誥諸侯作康王之誥

王出在應門之內

出畢門立應門內之中庭南面

太保率西方諸侯入應門左畢公率東方諸侯入應門右

二公爲二伯各率其所領諸侯隨其方爲位皆
北面成王之疾久矣豈西方東方諸侯來問王
疾者歟

皆布乘黄朱
陳四馬黄朱鬣

賓稱奉圭兼幣
馬所以先圭幣

曰一二臣衛敢執壤奠
贄土所出

皆再拜稽首王義嗣德答拜
王義諸侯不忘先王之德故答拜
太保暨芮伯咸進相揖
冢宰司徒與羣臣進戒
皆再拜稽首曰敢敬告天子皇天改大邦殷之命
惟周文武誕受羑若
文王出羑里之囚天命自是始順周公記之謂
之羑若猶管仲鮑叔願齊威公不忘在莒時也
康王生而富貴故于其初卽位造以文武造邦

則新曰張皇六師權智語也新舊交換之際恐有奸雄窺視特拈此以析之耳

之艱難以憂患受命也
克恤西土惟新陟王
陟升遐也成王未有謚故稱新陟王
畢協賞罰戡定厥功用敷遺後人休今王敬之哉
張皇六師無壞我高祖寡命王若曰庶邦侯甸男
衛惟予一人釗報誥昔君文武丕平富不務咎底
至齊信用昭明于天下
詩歌文武之德曰陳錫哉周言其布大利以賜
天下則天下相率而戴周及其亡也以榮夷公

專利今康王所謂不平富者豈非陳錫布利也歟所謂不務咎者豈非不專利以消怨咎也歟卽位而首言此其與成王皆致刑措宜也

則亦有熊羆之士不二心之臣保乂王家用端命于上帝皇天用訓厥道付畀四方乃命建侯樹屏在我後之人今予一二伯父尚胥暨顧綏爾先公之臣服于先王

言諸臣忠于我所以安汝先人事先王者如盤庚告教之意也

雖爾身在外乃心罔不在王室用奉恤厥若

使我雖宅憂而人無不順者

無遺鞠子羞

鞠子稚子也

羣公旣皆聽命相揖趨出王釋冕反喪服

成王崩未葬君臣皆冕服禮歟曰非禮也謂之變禮可乎曰不可禮變于不得已嫂非溺終不援也三年之喪旣成服釋之而即吉無時而可者曰先王之命不可以不傳旣傳不可以喪服

受也曰何為其不可也曰以喪冠者雖三年之喪可也既冠于次入哭踊者三乃出孔子曰將冠子未及期日而有大功齊衰之服則因喪服而冠冠吉一作嘉禮也猶可以喪服行之受顧命見諸侯獨不可以喪服乎太保使大史奉冊授王于次諸侯入哭于路寢而見王于次王喪服受敎戒諫哭踊答拜聖人復起不易斯言也始死方升孝子釋服離次出居路門之外受干戈虎賁之逆此何禮也漢宣帝以庶人入立故遣

宗正太僕奉迎以顯異之康王元子也天下莫不知何用此紛紛也春秋傳曰鄭子皮如晉葬晉平公將以幣行子産曰喪安用幣子皮固請以行既葬諸侯之大夫欲因見新君叔向辭之曰大夫之事畢矣而又命孤孤斬焉在衰絰之中其以嘉服見則喪禮未畢其以喪服見是重受弔也大夫將若之何皆無辭以退今康王既以嘉服見諸侯又受乘黄玉帛之幣曾謂盛德之王不若衰世之侯召畢公不如子産叔向乎

使周公在必不爲此然則孔子何取于此一書也。曰至矣其父子君臣之間敎戒深切著明者猶足以爲後世法。孔子何爲不取哉。然其失禮則不可以不論。

了凡曰此史臣紀事之詞筆力高古以成周二句尤得肯綮保釐二字括盡一篇大意

東坡書傳卷第十八

周書

畢命第二十六

康王命作冊畢公居里成周郊作畢命

畢公弼亮四世蓋嘗相文王也至是耄矣而猶勤小物亦可謂盛德也哉

惟十有二年六月庚午朏越三日壬申王朝步自宗周至于豐以成周之衆命畢公保釐東郊

畢公蓋嘗相文王故康王就豐文王廟命之

王若曰嗚呼父師惟文王武王敷大德于天下用
克受殷命惟周公左右先王綏定厥家毖殷頑民
遷于洛邑密邇王室式化厥訓既歷三紀
十二年爲一紀
世變風移四方無虞予一人以寧
方三監叛天下騷動天子亦不安
道有升降政由俗革
子思子曰昔吾先君子道隆則從而隆道汚則
從而汚伋則安能惟聖人爲能與道升降因俗

又曰言善之而不言惡之此以保爲鑒之意

立政也。

不臧厥臧民罔攸勸惟公懋德克勤小物。

有道者不以小大變易不忽小物斯不難大事矣。

粥亮四世正色率下罔不祇師言

雖正色不言而自服然常敬衆言也。

嘉績多于先王。

自文武時已立功矣。

予小子垂拱仰成王曰嗚呼父師今予祇命公以

周公之事往哉旌別淑慝表厥宅里彰善癉惡

癉病也

樹之風聲弗率訓典殊厥井疆俾克畏慕申畫郊圻愼固封守以康四海政貴有恒辭尚體要不惟好異商俗靡靡利口惟賢餘風未殄公其念哉

予以書考之知商俗似秦俗蓋二世似紂也張釋之諫文帝秦以任刀筆之吏爭以亟疾苛察相高其弊徒文具無惻隱之實以故不聞其過陵夷至于二世天下土崩今以嗇夫口辯而超

臣恐天下隨風而靡爭爲口辯而無其實

凡釋之所論則康王以告畢公者也

我聞曰世祿之家鮮克由禮以蕩陵德實悖天道

敝化奢麗萬世同流

惟惡能及遠故秦之俗至今猶在也秦疑當作殷

茲殷庶士席寵惟舊

乘勢勝物曰席

怙侈滅義服美于人

用美物多則爲人所畏服鄭子產言伯有用物

弘而取精多則生爲人豪死爲厲鬼驕淫矜侉將由惡終雖收放心閑之惟艱資富能訓惟以永年

富而能訓則可以久安其富

惟德惟義時乃大訓不由古訓于何其訓王曰嗚呼父師邦之安危惟兹殷士不剛不柔厥德允修惟周公克愼厥始惟君陳克和厥中惟公克成厥終三后協心同底于道道洽政治澤潤生民四夷左衽罔不咸賴予小子永膺多福

康王以爲邦之安危在殷士又以保釐之任爲
足以澤生民而服四夷其言若過然殷民至此
亦不能睥睨周室如三監時矣然猶重其事如
此賈誼言秦俗婦乳其兒與翁併踞母取箕帚
立而誶語以此痛哭流涕大息以爲漢之所憂
無大于此者正此意也古之知治體者其論安
危葢如此
公其惟時成周建無窮之基亦有無窮之聞子孫
訓其成式惟乂嗚呼罔曰弗克惟旣厥心罔曰民

寡惟愼厥事

曰弗克者畏其難而不敢爲者也曰民寡者𥇛

其事以爲不足爲者也

欽若先王成烈以休于前政

前政謂周公君陳也

周書

君牙第二十七

穆王命君牙爲周大司徒作君牙

穆王滿康王孫昭王子

王若曰嗚呼君牙惟乃祖乃父世篤忠貞服勞王家厥有成績紀于太常

周禮司勳凡有功者銘書于王之太常祭于太烝日月爲常

惟予小子嗣守文武成康遺緒亦惟先王之臣克左右亂四方心之憂危若蹈虎尾涉于春氷今命爾予翼作股肱心膂纘乃舊服無忝祖考弘敷五典式和民則爾身克正罔敢弗正民心罔中惟爾之中夏暑雨小民惟曰怨咨冬祁寒小民亦惟曰

怨咎厥惟艱哉思其艱以圖其易民乃寧
方周之盛越裳氏來朝曰久矣天之無疾風暴
雨也中國其有聖人乎方是時四夷之民莫不
戴王雖風雨天事非人力者亦歸德于王及其
衰也一寒一暑亦惟王之怨是故聖人以民心
爲存亡一失其心無動而非怨者賞則謂之私
罰則謂之虐作德則謂之僞不作則謂之漫也
令而不信無事而致謗皆王之咎也夏諺曰五
王不游吾何以休吾王不豫吾何以助游豫王

又曰君牙有祖父穆王亦有文武成康恐兼君牙不得

以爲德豈復有風雨寒暑之怨乎

嗚呼丕顯哉文王謨丕承哉武王烈啓佑我後人咸以正罔缺爾惟敬明乃訓用奉若于先王對揚文武之光命追配于前人王若曰君牙乃惟由先正舊典時式

先正周召畢公之流

民之治亂在茲率乃祖考之攸行昭乃辟之有乂

嗚呼予讀穆王之書一篇然後知周德之衰有以也夫昭王南征而不復至齊桓公乃以問楚

是終穆王之世君弒而賊不討也而王初無愧恥之意乃欲以車轍馬跡周于天下今觀君牙伯冏二書皆無哀痛惻怛之語但曰嗣先人宅丕后而已足以見無道之情非祭公謀父以祈招之詩收王之放心則王不復矣呂刑有哀敬之情蓋在感悔之後特已耄矣

周書

冏命第二十八

穆王命伯冏爲周太僕正作冏命

太僕正太御中大夫

王若曰伯冏惟予弗克于德嗣先人宅丕后怵惕惟厲中夜以興思免厥愆昔在文武聰明齊聖小大之臣咸懷忠良其侍御僕從罔匪正人以旦夕承弼厥辟出入起居罔有不欽發號施令罔有不臧下民祗若萬邦咸休惟予一人無良實賴左右前後有位之士匡其不及繩愆糾謬格其非心俾克紹先烈今予命汝作大正正于羣僕侍御之臣懋乃后德交修不逮愼簡乃僚無以巧言令色便

辟側媚其惟吉士僕臣正厥后克正僕臣諛厥后
自聖

至哉此言可以補說命之缺也孔子取于君牙
伯冏二書者獨斯言歟

后德惟臣不德惟臣爾無昵于憸人充耳目之官
迪上以非先王之典非人其吉惟貨其吉若時瘝
厥官惟爾大弗克祗厥辟惟予汝辜

引小人以昵王人臣不敬莫大于此

王曰嗚呼欽哉永弼乃后于彝憲

憲典也。迪上以先王之典也。

子淵曰按此篇專訓贖刑蓋本舜典金作贖刑之語今詳此書罰贖特為篇中之一事耳小序專言訓夏贖刑遂使解者肆為說詆惜哉

東坡書傳卷第十九

周書

呂刑第二十九

呂命穆王訓夏贖刑作呂刑

穆王命呂侯作此書史記作甫侯堯舜之刑至禹明備後王德衰而政煩故稍增重積累世之漸非一人之意也至周公時五刑之屬各五百周公非不能改以從夏蓋世習重法而驟輕之則姦民肆而良民病矣及成康刑措穆王之末

姦益衰少而後乃敢改也周公之刑二千五百穆王之三千雖增其科條而入墨劓者多入宮辟者少也贖者疑赦之罰耳然訓刑必以贖者非贖之鍰數無以爲五刑輕重之率也如今世徒流皆折杖非以杖數折不知徒流增減之率也呂刑孝經禮記皆作甫刑說者謂呂侯後封甫詩之申甫是也

惟呂命王享國百年耄荒度作刑以詰四方

刑必老者制之以其更事而仁也耄荒度作刑

者以耄年而大度作刑猶禹曰予荒度土功度
約也猶漢高祖約法三章也
王曰若古有訓蚩尤惟始作亂延及于平民罔不
寇賊鴟義姦宄奪攘矯虔
炎帝世衰蚩尤作亂黃帝誅之自蚩尤以前未
有以兵強天下者鴟義以鷙殺爲義如後世所
謂俠也矯詐虔劉也凡民爲姦者皆祖蚩尤
苗民弗用靈制以刑惟作五虐之刑曰法殺戮無
辜爰始淫爲劓刵椓黥越兹麗刑幷制罔差有辭

蚩尤旣倡民爲姦苗民又不用善但過作劓鼻刵耳椓竅黥面殺戮五虐之刑而謂之法苟麗于法者必刑之幷制無罪不復以寃訴爲差別有辭無辭皆刑之也自苗民以前亦未有作五虐之刑者故舉此二人以爲亂始

民興胥漸泯泯棼棼罔中于信以覆詛盟

人無所訴則訴于鬼神德衰政亂則鬼神制世民相與反覆詛盟而已

虐威庶戮方告無辜于上上帝監民罔有馨香德

刑。
無德刑之香也
發聞惟腥皇帝哀矜庶戮之不辜報虐以威遏絕
苗民無世在下
皇帝堯也分北三苗遷其君于三危
乃命重黎絕地天通
民瀆于詛盟祭祀家爲巫史堯乃命重黎授時
勸農而禁淫祀人神不復相亂故曰絕地天通
重黎卽羲和也

罔有降格
虢之亡也有神降于莘蓋此類也
羣后之逮在下明明棐常鰥寡無蓋
自諸侯以及其臣下皆修明人事而輔常道故
鰥寡無蔽塞之者
皇帝清問下民鰥寡有辭于苗
國無政天子欲聞民言豈易得其實哉故政清
而後民可問也
德威惟畏德明惟明

子九曰士師也官專主刑辟而其意乃用以教民敬德雖用刑而意不在刑也伯夷禮官也乃

非德之威所謂虐也非德之明所謂察也

乃命三后恤功于民伯夷降典折民惟刑

失禮則入刑禮刑一物也折折衷也

禹平水土主名山川稷降播種農殖嘉穀三后成功惟殷于民

殷富也

士制百姓于刑之中以教祇德

士皐陶也

穆穆在上明明在下灼于四方罔不惟德之勤故

以禮而止刑皋陶刑官也乃用刑而教德可以想聖世之治法

子淵曰棐匪篚通用不專訓輔也湯誥無從匪彝以刑中治民之從匪彝者

乃明于刑之中率乂于民棐彝典獄非訖于威惟訖于富

訖盡也威貴有勢者乘富貴之勢以爲姦不可以不盡法非盡于威則盡于富其餘貧賤者則容有所不盡也

敬忌罔有擇言在身惟克天德自作元命配享在下

修其敬畏至于口無擇言此盛德之士也何以貴之于典獄曰獄賤事也而聖人盡心焉其德

入人之深動天地感鬼神無大于獄者故盛德之士皆屑爲之皐陶遠矣莫得其詳如漢張釋之于定國唐徐有功民皆自以爲不寃其不信之信幾于聖與仁者豈非口無擇言身無擇行之人哉若斯人者將與文合德子孫其必有興者非自作元命配享在下而何漢楊賜辭廷尉之命曰三后成功惟殷于民皐陶不與焉蓋吝之也書蓋以爲惟克天德自作元命者何吝之有此俗儒妄論也或然之不可以不辨

了凡曰告典獄而歎其爲天牧民重養不重刑也則新曰夫此二字可思既曰牧如何濫刑若伯夷之廸乃牧也非刑也故可監若苗民之亂是刑也非牧也故可懲

王曰嗟四方司政典獄非爾惟作天牧

爲天牧民非爾而誰

今爾何監非時伯夷播刑之迪其今爾何懲惟時苗民匪察于獄之麗

麗于獄輒刑之不復察也

罔擇吉人觀于五刑之中惟時庶威奪貨

貴者以威亂政富者以貨奪法

斷制五刑以亂無辜上帝不蠲降咎于苗苗民無辭于罰乃絕厥世

言當以伯夷爲監苗民爲戒也

王曰嗚呼念之哉伯父伯兄仲叔季弟幼子童孫

皆聽朕言庶有格命

諸侯羣臣自其父行至于兄弟子孫皆聽朕言

庶以格天命

今爾罔不由慰日勤爾罔或戒不勤

獄非盡心力不得其實故無獄不以勤爲主由

用也爾當用獄吏慰安之而日愈勤者不當用

戒勑之而終不勤者

天齊于民俾我一日非終惟終在人

刑獄非所恃以爲治也天以是整齊亂民而已蓋使我爲一日之用非究竟要道也可恃以終者其惟得人乎

爾尚敬逆天命以奉我一人雖畏勿畏雖休勿休

休喜也典獄者不可以有所畏喜

惟敬五刑以成三德一人有慶兆民賴之其寧惟永

三德洪範三德也以刑成德王有慶民有利則

又曰安百姓只一敬刑但敬刑必得其人而後可敬故先言擇人而度及又敬刑中之緊要處故并言之

其安長久也

王曰吁來有邦有土告爾祥刑

祥善也

在今爾安百姓何擇非人何敬非刑何度非及

罪非已造爲人所累曰及秦漢之間謂之逮此最爲政者所當愼故特立此法謂之及因有大獄獄吏以多殺爲功以不遺支黨爲忠胥史皁隷以多逮廣繫爲利故古者大獄有萬人者國之安危運祚長短或寄于此故曰何度非及度

又曰此下俱敬刑中事也師聽有出入自爾師虞庶言同則繹之意

其非同惡者則勿逮可也

兩造具備師聽五辭

訟者兩至則士聽其辭

五辭簡孚正于五刑

簡核也孚審慮也簡孚而無辭乃正五刑

五刑不簡正于五罰

罰贖也

五罰不服正于五過

過失則當宥也

五過之疵，惟官，惟反，惟內，惟貨，惟來，其罪惟均，其審克之。

刑之而不服則贖，贖之而不服則宥，無不可者，但恐其有疵弊耳。官者，更爲請求也。反者，報德怨也。內，女謁也。貨，貨鬻獄也。來，親友往來者爲言也。法當同坐，故曰其罪惟均。克，勝也。勝其非也。

五刑之疑有赦，五罰之疑有赦，其審克之。簡孚有衆，惟貌有稽。

既簡且孚衆證之矣口服而貌不服此必有故
不可以不稽也
無簡不聽
初無核實之狀則此獄不當聽也
具嚴天威
所以如此者畏天威也
墨辟疑赦其罰百鍰閱實其罪
刻其顙而涅之曰墨六兩曰鍰
劓辟疑赦其罰惟倍閱實其罪

截鼻爲劓倍之爲二百鍰

剕辟疑赦其罰倍差閱實其罪

刖足曰剕倍之又半之爲五百鍰

宮辟疑赦其罰六百鍰閱實其罪

宮淫刑也男子腐婦人閉

大辟疑赦其罰千鍰閱實其罪

大辟死刑也五刑疑則入罰不降相因古之制也所謂疑者其罪旣閱實矣而于用法疑耳

墨罰之屬千劓罰之屬千剕罰之屬五百宮罰之

屬三百大辟之罰其屬二百

墨劓剕宮辟皆眞刑也罰者罰應贖者也屬類也凡五刑五罰之罪皆分門而類別之也

五刑之屬三千

周禮五刑之屬二千五百而此三千孝經據而用之是孔子以夏刑爲正也

上下比罪

比例也以上下罪參驗而立例也

無僭亂辭

僭差也亂辭辭與情違者也

勿用不行

立法必用衆人所能者然後法行若責人以所不能則是以不可行者爲法也

惟察惟法其審克之

察我心也法國法也内合我心外合國法乃爲得之

上刑適輕下服下刑適重上服

世或謂大罪法重而情輕則服下刑此猶可也

不失爲仁若小罪法輕情重而服上刑則不可古之用刑者有出于法內無入于法外與其殺不辜寧失不經故知此說之非也請設爲甲乙以解此二言甲初欲爲强盜旣至其所則不强而竊當以竊法坐之此之謂上刑適輕下服乙初欲竊爾旣至其所則强當以强法坐之此之謂下刑適重上服刑貴稱罪報其所犯之功不報其所犯之意也

輕重諸罰有權

一人同時而犯二罪一罪應刵一罪應劓劓刵不並論當以一重刵之而已然是人所犯劓罪應刑刵罪應贖則刑之歟抑贖之歟蓋當其劓罪而贖其餘何謂餘曰劓之罰二百鍰既刑之矣則又贖三百鍰以足刵罰五百鍰之數以此爲率如權石之推移以求輕重之詳故曰輕重諸罰有權

刑罰世輕世重惟齊非齊有倫有要

穆王復古而不是古變今而不非今厚之至也

又曰說至罰懲非死人極于病則仁人之心可思矣豈專以罰為事乎

曰各隨世輕重而已民有犯罪于改法之前而論法于今日者可復齊于一乎舊法輕則從舊今法輕則從今任其不齊所以爲齊也倫者其倫也要者其辭也辭倫相參考必有以處之矣

罰懲非死人極于病

時有議新法之輕多罰而少刑恐不足以懲姦者故王言罰之所懲雖非殺之也而民出重贖已極于病言如是亦足矣

非佞折獄惟良折獄罔非在中

佞口給也良精也辯者服其口不服其心也

察辭于差

事之眞者不謀而同從其差者而詰之多得其情

非從惟從

囹圄之中何求而不得固有畏吏甚者寧死而不辯故因之言惟吏是從者皆非其實不可用也

哀敬折獄明啓刑書胥占咸庶中正

律令當令獄因及僚吏明見相與占考之庶幾
共得其中正也

其刑其罰其審克之獄成而孚輸而孚
輸不成也囚無罪如傾瀉出之也孚審慮也成
與不成皆當與衆審慮也

其刑上備有并兩刑
其上刑已有餘罪矣則并兩刑從一重論

王曰嗚呼敬之哉官伯族姓
呼其大官大族而戒之

朕言多懼

民命之存亡天意之喜怒國本之安危在焉不得不懼

朕敬于刑有德惟刑今天相民作配在下明清于單辭民之亂罔不中聽獄之兩辭

欲濟民于險難者當竭其中以聽兩辭也

無或私家于獄之兩辭獄貨非寶惟府辜功報以庶尤永畏惟罰非天不中惟人在命天罰不極庶民罔有令政在于天下

府聚也𦋺功猶言罪狀也古者論罪有功意功其迹狀也言獄貨非所以爲寶也但與汝典獄者聚罪狀耳我報汝以衆罪而所當長畏者天罰也非天不中惟汝罪在人命也天既罰汝不中之罪則民皆咎我我無復有善政在天下矣

王曰嗚呼嗣孫今往何監非德于民之中尚明聽之哉

王耄矣諸侯多其孫矣自今當安所監非以此德爲民中乎

哲人惟刑

古之哲人無不以刑作德

無疆之辭屬于五極咸中有慶

無窮之聞必由五刑咸得其中則有慶五極五常也

受王嘉師監于茲祥刑

嘉善也王所以能輕刑者以民善故也

東坡書傳卷第二十

周書

文侯之命第三十

平王錫晉文侯秬鬯圭瓚作文侯之命

平王幽王之子宜臼也文侯仇義和其字也以圭爲杓柄曰圭瓚

王若曰父義和丕顯文武克愼明德昭升于上敷聞在下惟時上帝集厥命于文王亦惟先正克左右昭事厥辟越小大謀猷罔不率從肆先祖懷在

位

懷安也

嗚呼閔予小子嗣造天丕愆

痛幽王犬戎之禍也

殄資澤于下民侵戎我國家純

殄絕也純大也言無以資給惠利下民民莫爲

用者故爲犬戎所侵害我國家者亦大矣

即我御事罔或耆壽俊在厥服

西周之所以亡者無人也耆而俊者皆不在位

春秋傳曰惡角犀豐滿而近頑童焉

予則罔克曰惟祖惟父其伊恤朕躬

諸侯在我祖父行者其誰恤我哉

嗚呼有績予一人

有能致功予一人者乎

永綏在位父義和汝克昭乃顯祖

謂唐叔也

汝肇刑文武用會紹乃辟追孝于前文人

汝始法文武之道以和會紹接我使得追孝于

前文人奉祭祀也
汝多脩扞我于艱
多所脩完扞衛我于艱難也
若汝予嘉王曰父義和其歸視爾師寧爾邦用賚
爾秬鬯一卣彤弓一彤矢百盧弓一盧矢百
賜弓矢使得征伐
馬四匹父往哉柔遠能邇惠康小民無荒寧簡恤
爾都
簡閱其士惠恤其民

用成爾顯德

予讀文侯篇知東周之不復興也宗周傾覆禍敗極矣平王宜若衛文公越句踐然今其書乃施施焉與平康之世無異春秋傳曰厲王之禍諸侯釋位以間王政宣王有志而後效官讀文侯之篇知平王之無志也唐德宗奉天之難陸贄爲作制書武夫悍卒皆爲出涕唐是以復興嗚呼平王獨無此臣哉

周書

費誓第三十一

魯侯伯禽宅曲阜徐夷並興東郊不開作費誓

伯禽周公子費在東海郡後爲季氏邑非魯近郊蓋當時治兵于費

公曰嗟人無譁聽命

譁讙也

徂茲淮夷徐戎並興

成王征淮夷滅奄蓋此徐州之戎及淮浦之夷叛已久矣及伯禽就國則並起攻魯故曰徂茲

淮夷徐戎並興徂並者猶云往者云爾

善敹乃甲胄敿乃干無敢不弔備乃弓矢鍛乃戈

矛礪乃鋒刃無敢不善

敹敿鍛礪皆修治也弔精至也

今惟淫舍牿牛馬

牿所以梏牛馬者今當用之于戰故大釋其牿

淫大也

杜乃擭敜乃穽無敢傷牿牿之傷汝則有常刑

擭機檻也敜塞也恐傷此釋牿之牛馬此令軍

而守之徐夷必爭使土功不得成故以是日築
亦以是日行徐夷方空國寇魯魯侯乃以大兵
往功其巢穴師與之日東郊之圍自解所謂攻
其必救築者亦得成功也費誓言征言築而終
不言戰蓋妙于用兵周公之子蓋亦多材藝耳

無敢不供汝則有無餘刑非殺

汝敢不供楨榦則吾之刑汝不遺餘力矣特不
殺而已糗糧芻茭不供則軍飢故皆用大刑大
刑死刑也楨榦不供比芻糧差緩故用無餘刑

而非殺近時學者乃謂無餘刑孥戮其妻子非止殺其身而已夫至于殺而猶不止誰忍言之伯禽周公子也而至于是哉

魯人三郊三遂峙乃芻茭無敢不多汝則有大刑

言魯人以刖之知當時有諸侯之師也楨榦芻茭皆重物故獨使魯人供之三郊三遂南西北方郊遂之人東郊以備寇不供也徐夷作難久矣魯國受其害而以宅伯禽知周公不私其子伯禽生而富貴安佚始侯于魯遇難而能濟達

了凡曰平王為棄周之共主而歸其命者取其有復仇之心秦穆為五伯之末侯而錄其誓者取其有悔過之意

于政練于兵皆見于費誓見周公敎子之有方也孔子敘書蓋取此也

周書

秦誓第三十二

秦穆公伐鄭

秦穆公任好

晉襄公帥師

襄公歡文公子

敗諸崤還歸作秦誓

秦穆公違蹇叔以貪勤民爲晉所敗不殺孟明而復用之悔過自誓孔子蓋有取焉崤在弘農澠池縣西

公曰嗟我士聽無譁予誓告汝羣言之首

此篇首要言也

古人有言曰民訖自若是多盤

孔子曰人之言曰予無樂乎爲君惟其言而莫予違也孔子蓋以爲一言而喪邦者此言也民訖自若是民盡順我而不我違樂則樂矣不幾

于遊盤無度以亡其國如夏太康乎
責人斯無難惟受責俾如流是惟艱哉
人知聲色之害巳也然終好之知藥石之壽巳
也然終惡之豈好死而惡生哉私欲勝也夫惟
少私寡欲者爲能受責而不責人是以難也
我心之憂日月逾邁若弗云來
巳犯之惡旣成而不可追未遷之善未成而不
可補日月逝而不復反我心皇皇若無明日悔
之至也

文曰按良士指
百里奚勇夫指
公子縶子桑輩
蓋魯僖二年百

惟古之謀人則曰未就予忌惟今之謀人姑將以
爲親
我視在朝之謀人未見可以就問使我敬畏如
古人者故且用今之流親已者而已
雖則云然尚猷詢茲黃髮則罔所愆
雖不免且用孟明然必訪諸黃髮如蹇叔之流
也
番番良士旅力既愆我尚有之
番番老者雖旅力既愆我猶庶幾得而用之

里奚入秦惟務息兵養民至僖二十八年始有入滑之師自此一戰外未嘗用兵他皆與晉共成尊王尊事耳此篇當作于其時雖獲晉君非其休養之初心也故穆公深悔而夫子取焉若以為作于敗殽之時而良士謂蹇叔則此後再用三周孟明與

仡仡勇夫射御不違我尚不欲

仡仡勇者雖射御不違我猶庶幾疎而遠之

惟截截善諞言俾君子易辭我皇多有之

諞巧也皇暇也仡仡勇夫且不欲而巧言令色使君子變志易辭者我何暇復多有之哉

昧昧我思之如有一介臣斷斷猗無他技其心休休焉其如有容人之有技若巳有之人之彥聖其心好之不啻如自其口出是能容之以保我子孫黎民亦職有利哉

背遷兵易世不止焉在其能悔過也

我昧旦而起則思之矣曰安得是人哉得是人而付之子孫黎民我無恨矣

人之有技冒疾以惡之人之彥聖而違之俾不達是不能容以不能保我子孫黎民亦曰殆哉

至哉穆公之論此二人也前一人似房玄齡後一人似李林甫後之人主鑒此足矣

邦之杌隉

不安也

曰由一人邦之榮懷亦尚一人之慶

懷安也